W0364627

VOILÀ LES ANGES

CALI

VOILÀ LES ANGES

roman

ALBIN MICHEL

© Éditions Albin Michel, 2021

À Caroline, Milo-James,
Coco, Poppée, Misha...

« Voilà les anges ne s'arrêtent pas ah ah !
Non, tournez tout au-dessus de moi
Qui perd la tête, ah ah ah ! »

Gamine

« Il faut trembler pour grandir. »

René Char

« Celui qui sait entendre le rire des anges fait le guet pour les autres. C'est ainsi soit-il. »

Éric Poindron

– Bonjour, vous avez les *Sonnets* ?
– Les sonnets de qui ?
– Mademoiselle, le seul : Shakespeare !

Cette librairie respirait depuis toujours. À me faire peur. Depuis toujours. Depuis toujours, je passais devant. Des milliers de fois. Aujourd'hui, il le fallait, je devais y entrer. Aujourd'hui. Ne me demande pas pourquoi. Elle m'appelait : « Hey, hey, c'est ton heure, vas-y ! »

La fille a tapoté sur son ordinateur.

– Il doit y en avoir un qui dort quelque part dans cette boutique, peut-être l'original, s'est-elle amusée.

– Il m'en faudrait quarante-deux… Vous pouvez passer commande ?

Elle a levé les yeux sur moi. Elle m'a souri. J'ai rentré mon ventre. Des yeux coquins. J'ai regardé le plafond en me grattant les côtes sur un marcel blanc qui ne masquait pas mes bras trop malingres. Elle souriait toujours. Les gens ne se rencontrent pas, ils se reconnaissent.

– C'est pour des cadeaux, ai-je ajouté.

J'ai perdu mes yeux encore plus loin.

– Il y a sur cette fichue planète des êtres que je ne pourrais souffrir de voir souffrir. Ils doivent lire ça. Appelons-les des amis ou des frères. Je ne les connais pas encore mais à la fin ils monteront tous sur l'arche de la beauté, à mes côtés, vers l'éternité. Shakespeare doit les sauver.

Elle riait de plus belle. Son rire… Ses petites dents, ses lèvres…

La vie est absurde. On vit, on meurt et au milieu nous pataugeons en reniflant comme des chiens l'ombre de l'amour. Le reste n'existe pas.

– Et les autres ? m'a-t-elle demandé.

– Les autres, je m'en balance ! Rien à foutre ! Peuvent crever la bouche ouverte. Ce monde a mal et nous n'y pouvons rien.

– Et moi ?

Il y a des moments courts, fragiles, où le long couloir sinueux s'éclaire enfin. Alors on sait et on avance, invincible. Immortel. J'ai posé genou à terre. Aucune religion ne m'avait fait mettre genou à terre. Tout autour des fantômes plongeaient leur nez un peu plus profond dans leurs livres comme dans leur mouchoir.

> Au mariage d'esprits fidèles je ne puis admettre empêchements ; l'amour n'est pas l'amour qui change devant le changement, ou cède à l'agitation avec l'agitateur.

Oh non, c'est un repère toujours fixe qui observe les tempêtes, jamais ébranlé ; c'est l'astre de toutes les barques vagabondes, à la valeur inconnue, bien qu'on ait pris sa hauteur.

L'amour n'est pas le jouet du Temps, bien que lèvres et joues roses dans le champ de sa faux viennent à tomber ; l'amour ne change pas, brèves étant ses heures et semaines, mais endure jusqu'au seuil même du jugement.

Si erreur il y a, attestée à mon encontre, jamais je n'ai écrit, jamais n'ai aimé un homme.

Une dame aux lunettes dorées, heureuse d'être encore étonnée, s'est arrêtée de vieillir. Elle a souri. Elle attendait la suite.

– Vous, mademoiselle, si vous le désirez comme je le désire, vous serez la première. Non, la seule... Je vous ouvre mon cœur. Le lourd livre de mon cœur. Il est à vous maintenant, tout de suite. Il y a tout. Tout ce que je n'ai jamais donné. Presque cinquante années d'amour congelé, glacé, inutilisé, préservé pour vous depuis toujours. Je n'ai plus la force de garder tout ça. Je vous aime. Je vais vous enlever, amour, et vous emmener loin d'ici. Là où le cynisme et la tromperie ne dresseront jamais leurs armées cruelles. Là où l'on ne vit que pour l'amour, là où l'on ne meurt que par amour.

Une salve d'applaudissements s'est élevée des murailles de livres. Les lunettes dorées riaient maintenant. Dehors quelques badauds collaient des yeux gourmands aux vitres de la librairie. La femme de ma vie s'est illuminée. Elle a posé à son tour genou à terre. Je le savais maintenant, à cet instant je savais qu'elle savait.

On a baisé. Non. Nous avons fait l'amour. Des jours entiers. Les volets fermés. La nuit était le jour, le jour la nuit. Sofia n'est plus retournée travailler. Jamais. Sa librairie n'était plus rien. Derrière elle. Le téléphone a sonné beaucoup au début. Puis moins. Puis plus du tout. Nous restions emboîtés. Je n'avais jamais connu quelque chose comme cela. J'étais capable de donner tout ça et de recevoir tout ça. Le partage total. En arrivant tout en haut, au sommet, Sofia me commandait, chaque fois, de lui souffler notre sonnet. Alors ses yeux se retournaient et elle hurlait des cochonneries à ce vieux William en caressant le ciel. Alors je la rejoignais à mon tour. Une folie. Cette femme attendait un baiser depuis mille ans. Depuis mille ans, ses lèvres sèches n'avaient pu dire : « Je t'aime. »

L'annonce disait : « Cherche faux handicapé pour représentation publique. Vrai salaire. » J'ai fini par appeler.

Le faux mage m'a entraîné dans sa roulotte. Il ne ressemblait pas à grand-chose. Tout grand et tout maigre, une fine moustache et des cheveux graisseux plaqués vers l'arrière. Il puait le vin. Il a dit que j'avais frappé à la bonne porte et qu'il ne connaissait pas meilleur moyen de gagner de l'argent facilement.

Le salopard m'a fait comprendre que les pauvres étaient pauvres et resteraient pauvres parce qu'ils n'étaient pas malins et qu'il était si simple de les embobiner.

– L'histoire de la vie, m'a-t-il dit. Voilà, tu n'as qu'à attendre sagement dans ton fauteuil roulant au fond du chapiteau. Au milieu de mon discours, je m'approcherai de toi. Le signal, c'est quand je te toucherai la tête. Comme ça.

Il a posé une main étrangement légère sur mon crâne. Un sac d'os. Ce type puait la mort.

– Alors tu te lèveras et je te conduirai sur la scène. Si tu peux pleurer, c'est bien.

– Et après ?

– C'est tout. Un tiers des entrées pour toi.

Putain ! Le salopard avait raison. Facile.

– La moitié et je me prosterne à tes pieds en hurlant au miracle.

– Un tiers.

Sofia est venue le premier soir. Elle ne pouvait pas rater ça. Elle sautillait sur une jambe puis l'autre. Elle semblait tout excitée. J'avais du mal à déplacer le fauteuil. Il couinait sans arrêt à cause des roues voilées. Sofia semblait heureuse de me pousser en imitant le bruit d'une mobylette ou plutôt d'un touk-touk : « Vroum vroum ! » On s'est postés comme convenu au fond, à côté des autres. Une brochette de fauteuils. La rumeur montait. Il se disait autour de nous que le mage accomplissait les miracles de Jésus. Ah, le salopard, ses conneries ramenaient du monde ! Quelques aveugles ne se lâchaient pas la main. Une pauvre malheureuse d'une quinzaine d'années poussait des cris stridents, des insultes, accrochée au bras de sa mère. Syndrome de la Tourette, m'a confirmé Sofia. Sofia ne riait plus. Elle m'a demandé où je l'avais embarquée. Elle m'a dit qu'on serait mieux à baiser avec William. Je n'étais plus du tout sûr de moi non plus. J'ai demandé à ma belle d'aller nous chercher quelques bières à la buvette, derrière. Elle en avait besoin aussi. On a tombé tout ça très vite. Sous le chapiteau surchauffé, les gens s'impatientaient. On a recommandé quelques bières. Et puis d'autres.

Alors il est apparu. Les bras écartés. Arpentant l'estrade dans tous les sens, comme un moustique fou prisonnier de la lumière. Le salopard portait une tunique blanche floquée d'étoiles rouges et un grand chapeau pointu tout bleu. Ridicule. On s'est marrés. On était déjà bien éméchés. Le chapiteau résonnait de « Oh ! », de « Ah ! ». Avec une voix rauque, haut perchée et en clignant rapidement des yeux, le mage s'est lancé dans un discours décousu, interminable. Il traitait de la fin du monde, je crois. C'est le moment qu'on a choisi pour attaquer les rasades de whisky. Des coups de lanière doux et brûlants. La main de ma chérie dans ma main était l'éternité. Parfois, elle s'amusait à vérifier si l'entrejambe de son handicapé préféré était toujours bien vivant. Alors j'ai vu nos enfants qui riaient et couraient partout dans la maison. Alors j'ai vu ses sourires rassurants de jolie maman. Alors j'ai vu les années dévorer tendrement nos visages. J'ai aimé ce moment.

Sofia était le miracle.

Elle est arrivée là quand ma vie se vidait comme un vieux lavabo. Elle ressuscitait mon existence de merde. Elle balayait le fond de mon cœur et toutes ces défaites qui décousent sournoisement et sans pitié nos âmes.

– Aaah ! Ooooh !

Au milieu de ce monde vulgaire où se pratiquent ces choses inutiles, incompréhensibles et cruelles, Sofia m'a donné ses yeux et ses ailes. Elle m'a dit que j'étais le plus sexy des handicapés de la soirée. Elle souriait, elle riait. Elle m'a dit que j'étais un enculé sublime et qu'elle serait ma pute fidèle. Je l'attendais depuis toujours. J'attendais Sofia depuis toujours. La voix du salopard sur l'estrade résonnait, tourbillonnait, moins précise.

C'est quand il a annoncé l'arrivée des soldats du mal dans un avenir proche que je me suis endormi. Sofia ne bougeait plus depuis déjà un bout de temps, enroulée au pied d'une roue. Une sirène échouée dans la nuit.

Le mage devait essayer sûrement depuis un bon moment d'accomplir son miracle sur moi. Il avait dû, comme prévu, poser sa main sur ma tête, sans résultat. Tu parles, j'étais cuit. Mort. Il tapait maintenant très fort sur mon crâne avec le poing. Ma tête brûlait ! Alors il m'a tiré, non, arraché les cheveux, pour me soulever du fauteuil. Une grosse poignée, un scalp. Rien n'y a fait. Trop bourré. Ce cinglé voulait accomplir son miracle mais cette fois, pour de vrai, je ne pouvais plus tenir debout.

– Tu vas te lever, espèce de fils de pute !

Les gens tout autour regardaient, horrifiés.

– Arrêtez-le ! j'ai entendu.

– Imposteur !

– Pendons-le !

Le fauteuil roulant a valdingué.

… Sofia… Sofia… Ma Sofia…

Le mouvement, la foule, les hurlements. La foule puis les cris encore. Les aveugles et puis les fauteuils. Et puis la fille avec son cri strident et sa mère en pleurs…

Je n'ai pas regretté, à cet instant, de ne pas avoir d'enfants.

Tout semblait flou et jaunâtre comme si je distinguais le monde par le prisme d'un sac de pisse.

Alors j'ai vu les poteaux qui tenaient le chapiteau tomber les uns après les autres comme un château de cartes. Et puis la vieille toile. Et puis le noir.

Le pompier m'a tenu la main jusqu'à elle. Mon ange dormait, sublime, allongée dans un sac argenté.

– Quinze morts, une trentaine de blessés, a pleuré le jeune pompier.

Ce type n'avait pas vingt ans. Même les soldats du

feu, les gars les plus courageux au monde, ne peuvent habituer leurs yeux à l'horreur.

Sofia est morte.

Au mariage d'esprits fidèles je ne puis admettre empêchements ; l'amour n'est pas l'amour qui change devant le changement, ou cède à l'agitation avec l'agitateur.

Oh non, c'est un repère toujours fixe qui observe les tempêtes, jamais ébranlé ; c'est l'astre de toutes les barques vagabondes, à la valeur inconnue, bien qu'on ait pris sa hauteur.

L'amour n'est pas le jouet du Temps, bien que lèvres et joues roses dans le champ de sa faux viennent à tomber ; l'amour ne change pas, brèves étant ses heures et semaines, mais endure jusqu'au seuil même du jugement.

Si erreur il y a, attestée à mon encontre, jamais je n'ai écrit, jamais n'ai aimé un homme.

– C'est magnifique.

– Oui magnifique, j'ai fait.

L'un des trois employés qui attendaient, appuyés sur leur pelle pour reboucher le trou, m'a demandé qui avait écrit ça.

– C'est moi, j'ai fait.

Sur une tombe toute proche, j'ai volé une plaque posée là pour quelqu'un d'autre.

Je l'ai déposée devant mon amour.

« Tes amis du tennis club. Nous ne t'oublierons jamais, champion. »

Ça l'aurait fait rire.

En rentrant de l'enterrement, j'ai étalé mes disques par terre, tous mes vieux 33 tours. Comme sur un tapis de feuilles, je me suis allongé, ma joue collée au *Boy* de U2. Sur le rivage de la mort, en écoutant le bruit de ma vie, j'ai pleuré.

J'ai cherché une main tendue. Sous mes pieds, plus rien. Je m'enfonçais, sans bruit, sans réveiller personne. Alec, t'es où ? Fabienne, mon amour (de jeunesse), où respires-tu ? Un amour de jeunesse, c'est grand, c'est loin derrière mais toujours devant. Fabienne, quelque part dans cette vie. Suis-je mort moi aussi ? Fabienne comme des braises qui n'attendent qu'un souffle pour redémarrer l'incendie. Faut-il ne jamais croquer l'amour pour ne pas connaître le malheur ? Sobrement le caresser, le pleurer ? Oui, le garder dans le cœur, au chaud, pour l'éternité.

C'est drôle, le bonheur remonte des oubliettes de la mémoire quand on se retrouve au bord du gouffre. Je viens de perdre Sofia, ma vie, et à cet instant, Fabienne, c'est à toi que je pense. Tu n'es pas le souvenir qui peu à peu en moi se transforme. Tout est vrai mais, étourdi par le chagrin, suis-je réellement conscient de ce mot,

« vérité », qui nage entre deux eaux comme le goujon qui se camoufle dans l'eau ridée ?

Non c'est si réel et ça me fait du bien, un bien fou. Et puis Carol, mon tout premier amour d'enfant. Six ans. Alec, mon frère, tu te rappelles ? Les deux inséparables, qui ne désiraient qu'une chose, croquer le cœur de la jolie Carol. Elle est morte elle aussi, il y a si longtemps. Sofia est partie ce soir. Sofia, pardonne-moi. Pardonne-leur. On nous a offert si peu de temps mais tout était beau.

> Ma grange ayant brûlé de fond en comble,
> plus rien ne me cache la vue de la lune qui brille.

*

Je n'ai jamais connu la paix. Jamais.

J'ai su que c'était vrai. J'étais cinglé. Comment je l'ai su ? J'ai fait tout un tas de choses qui ne me ressemblaient plus. Les amis qui me restaient, qui se comptaient sur le bout des doigts de Django, ont commencé par me tourner, un à un, le dos. Certains me regardaient comme un véritable danger, pire, un monstre. Le type à éviter. En un sens, je l'étais. Mais ce n'était pas moi. Je le sais, je le jure. Comment vous dire… J'aurais bien botté le cul, moi, à ce type qui ne me ressemblait pas. Je ne le faisais pas exprès, je crois. Mais c'était une évidence, plus forte que moi. Je faisais le mal tout autour.

J'étais le mal. C'est vous qui me rendez fou. Certain. Votre société. Vous m'étouffez. Et ne baissez pas les yeux ! Vous et le tas de merde collé à votre cul, sur votre siège de nanti, de carriériste, d'opportuniste, je ne peux plus le supporter. Patron. Patron de quoi ? Tout ça pour quoi, finir bouffé par les vers, comme les autres ?

Votre maison de disques, ce n'est que de la merde. *Bullshit !* J'ai cru longtemps que les gens qui touchaient à l'art, à la musique étaient hors de tout ça. J'ai cru qu'ils planaient au-dessus de la vie laide et pervertie. J'ai cru qu'ils naissaient avec la poésie talquée jusqu'au fond de leurs couches, et qu'ils étaient envoyés sur terre pour dessiner l'odeur des saisons. Tu parles. *Bullshit !* Vous m'avez rendu cinglé. Le succès est une catastrophe.

J'ai commencé à dérailler quand j'ai entendu ce type à la radio. Ce jeune type que tout le monde vénérait. Il sortait d'où celui-là ? Il était tout simplement en train de nous botter le cul. À moi et tous les vieux chanteurs. Les *has been*, comme ils disent. Vous me direz, c'est normal. C'est dans l'ordre des choses. On avait sûrement fait pareil. On avait sûrement pris la place de plus vieux que nous, à l'époque. Mais dans les règles. Toujours réglo. On grandit, on vieillit, on meurt mais, putain, j'avais encore des choses à raconter, moi.

C'était le matin, vers midi, je me passais de l'eau sur le visage pour inspecter les dégâts. J'aurais bien pété ce miroir aussi. Le nez qui plonge, les yeux rouges et bouffis. Le crâne dégarni. Et après ? J'avais des choses encore dans mon cœur. Et des belles. Et des brûlantes. Ce n'est pas ça qu'on demande à un chanteur ? Raconter la vraie vie ? Je buvais beaucoup. Beaucoup trop. Les nuits. Toutes les nuits et puis le jour aussi. Je ne pouvais affronter seul les angoisses de la solitude et le désert qui s'ouvrait devant moi, désormais. Bien sûr, je me suis inspiré plus d'une fois des poussières sublimes, ces traces laissées par les plus grands. Et c'est sûrement grâce à eux que j'ai croqué la belle part de mon gâteau…

J'ai collé mon oreille encore plus près de la radio. Ma radio. La même depuis toujours. Presque aussi vieille que moi. Je n'ai jamais réussi à la perdre. Ni à la jeter. Tirer l'antenne, tourner le bouton et tous ces bruits bizarres. Tourner encore et s'arrêter là. Laisser l'artiste s'exprimer quelques secondes et scalper sa voix d'un coup. Tourner encore. Le son de ma radio.

Les yeux lancés vers le large, j'ai écouté attentivement le jeune peigne-cul à la voix qui rassure. Je ne rêvais pas ! Il chantait mes mots. Ma musique. Et mes yeux qui s'assombrissaient. Il ne chantait pas que mes mots. Il suçait le plus profond de mon âme. Le sang de mon sang. Le vilain ! J'ai attendu de dessaouler un peu pour réécouter son tube. Oui, c'était devenu un tube. Ce truc qui me ressemblait honteusement passait partout. Sur toutes les radios. Et ce n'était pas moi. Comme pour dire : « Hey, non seulement je prends ta place mais en plus je pique ta chanson. Elle est où ta femme ? » C'était beaucoup trop proche, beaucoup trop ressemblant pour être autre chose que du plagiat.

C'est là que tout a déraillé. Je me suis intéressé de plus près à l'œuvre du vilain. Écoutez plutôt ça.

Des années avant, j'avais fait des photos avec une dame aux formes généreuses. On s'était retrouvés presque nus, dans un champ, sous une lumière christique, entre pluie et soleil. C'était dingo ! On courait dans la nature, et la viande des fesses, des bras et du ventre de la dame remuait majestueusement. Et mon corps tout blanc, comme sucé par un vampire. Le photographe nous canardait. Je me souviens des visages hallucinés de ces touristes à vélo croisés au bout d'un chemin de vignes. Ha ha ha ! On s'était allongés sur une vieille carcasse rouillée, un lit d'enfant perdu dans la verdure. Et la jolie dame m'avait pris dans ses bras. J'étais ivre, moi, dans ses bras. J'avais eu l'idée de ces photos parce qu'au départ, je désirais que le photographe me shoote tout nu, dans une cathédrale. J'adore les cathédrales. Je voulais que les reflets des vitraux viennent peindre mon corps. Comme un coup de pinceau de Dieu. Vous comprenez ? Mais on n'avait pas obtenu les autorisations. Ni de Dieu ni de personne. En tout cas, le résultat de cette journée belle et pittoresque fut extraordinaire. Sur une photo, je jouais même à Jésus-Christ, les bras comme ça, la tête entre les seins de l'autre. Ça avait vraiment de la gueule ! Si on avait piqué quelque chose, c'était au Caravage. J'avais utilisé quelques clichés pour mon deuxième album. Tour ça pour quoi ? Pour qu'un vilain chanteur, quelques années plus tard, refasse les mêmes photos. Je crois même que c'était avec la même princesse. *Bullshit !*

Je ruminais, aigri, sous l'ombre de ma carrière déclinante. Et ce type qui roulait sur mon or. J'étais plus que jaloux. Le mot après « jaloux », c'est quoi ?

Cette fois c'était un clip. Des jeunes filles, un feu, une plage. Bingo ! Celui qui passait partout, sur toutes les chaînes, c'était le sien. Jusqu'au grain de la pellicule il m'avait copié. Il avait tourné ça quelques jours après moi. Ce type me suivait à la trace. C'était sûr, ce type s'enrichissait sur mon cadavre encore chaud. Et pas que le mien. Peut-être rendait-il hommage à tout le monde ? Ha ha ! En approfondissant mes recherches, j'ai découvert que notre beau chanteur qui faisait mouiller toutes les gamines avec sa chevelure en crinière de lion piochait impunément à droite, à gauche. Ce type maintes fois récompensé. Un véritable chasseur de primes. Vilain !

« Volez-moi toutes mes idées, j'en ai d'autres », disait Coco Chanel. Là c'en était trop. Je pensais que le monde de l'art était un monde de pureté. *Bullshit !* Croyez-moi, il y a plus de personnes empoisonnées dans le monde de l'art que dans le monde des affaires.

J'ai éteint la radio. Je me suis difficilement relevé de ma chaise. J'étais vieux… Cette fois-ci mon corps me faisait mal comme après une guerre. Je n'étais que blessures. J'ai titubé jusqu'à mon lit, je me suis assis comme j'ai pu, les mains sur la tête, pour la soutenir. Sur la commode, il y avait cette photo. La photo qui me suivait depuis toujours et qui me suivrait jusqu'au bout. Alec et Bruno. C'était peut-être l'ami Hélios qui l'avait prise, la photo de l'insouciance. Nous sommes en train de rire, de rire aux larmes. Alec fixe l'objectif, comme pour le provoquer. La provocation, comme toujours. Je tiens mon ami par le cou. La tête jetée en arrière. On aperçoit toutes mes dents, même celles qui peuvent manquer. Une photo de joie. Le simple fait de la respirer m'a toujours rendu heureux. Même pour une poignée de secondes. Des secondes inestimables. Des secondes qu'on ne pourrait pas me voler. Hein, Alec ? Mais là j'étais triste, sans chemin de repos. Sûrement triste pour toujours. Nous avions monté ce groupe de musique avec mon ami. Souviens-toi les jours heureux. Avec Alec, Fernand et Nico. Les jours heureux… Bien sûr, nous ne savions pas jouer de quoi que ce soit, mais nous étions heureux. Heureux et fous. On mordait la vie. En fixant une dernière fois la photo, j'ai senti le poids mort de ma vie.

Chanteur. J'ai même du mal à le dire. Gamin, je m'endormais tous les soirs sous les posters de mes idoles. Un jour, je ferai comme eux. Cette promesse, je l'ai tenue à bout de bras, à bout de souffle. Plutôt mourir que de ne pas devenir une rock star. Pas de compromis possible avec ma destinée. Je voulais être artiste. Comme plein de bons à rien sur cette planète. J'étais un sacré bon à rien. Tendance fainéant. J'ai passé pas mal de temps, certainement plus que les autres, à gratouiller sur une guitare pour en extirper difficilement des choses assez médiocres. Et puis un jour j'ai déménagé. Dans mon nouvel appartement, il y avait ce piano droit, laissé là. Je l'ai regardé longtemps et puis je me suis dit que c'était sûrement un don du ciel, comme un signe, celui que j'attendais. Une révélation. Je devais m'y mettre. C'était ma nouvelle mission. Encore l'intervention d'un ange protecteur qui me mettait entre les pattes cet instrument. Comme un devoir pour suivre mon grand destin. Il fallait apprendre. Il fallait jouer. Il fallait composer. J'étais l'élu. Ce piano qui m'attendait était peut-être une offre divine, mais ma façon de jouer n'était pas un cadeau. Ce qui m'a sauvé : la confiance exagérée que je portais en moi. J'écoutais tous ces grands, Bob Dylan, Bruce Springsteen et bien sûr Joe Strummer. Je me disais qu'il suffisait de maîtriser trois ou quatre accords pour démarrer une carrière et que l'important était la rencontre avec son public. Tu sortais une chanson pile au moment où les gens en avaient besoin et tu pouvais devenir leur idole. Mieux, tu t'arrangeais pour mourir (à vingt-sept ans par exemple) peu de temps après et tu t'inscrivais dans la légende. Ça m'allait. Je me souviens, j'ai reçu le coup de pouce nécessaire au bon moment. Inespéré. Une femme m'a quitté et m'a laissé comme un gisant, et dès lors j'ai creusé le tunnel de mon chagrin pour enfin voir apparaître, là, juste devant un gigantesque champ de ruines, le paysage idéal. Le terreau magnifique. Je n'avais qu'à raconter. Les chansons tomberaient dans mon filet comme une pêche miraculeuse. C'était ça ou mourir. J'étais si triste et si déterminé à la fois. Devenir artiste. L'Artiste…

Dans le pire des cas, j'avais un plan B : devenir artiste peintre. Mais là, je naviguais vraiment à vue… Artiste peintre, tu es quasi certain de mourir fauché et inconnu. Sauf que tu peux t'accrocher à l'illusion de l'artiste maudit, persuadé de la reconnaissance des siècles à venir.

J'ai écrit beaucoup de chansons. Trois accords, bien sûr, ça suffisait. C'est Fernand qui m'avait dit : « Un concert de rock c'est trois accords et dix mille personnes, et un concert de jazz c'est dix mille accords et trois personnes. » Toujours de bon conseil, Fernand. J'ai écrit ces couplets avec un *la* mineur, un *ré* mineur et un *mi*. C'était assez désespéré mais ça sonnait pas mal. Il manquait juste un petit refrain pour tout exploser. Le facteur a sonné à la porte. Il m'a tendu la carte postale. Au dos était écrit : « C'est quand le bonheur ? » C'était ma copine, celle d'après. Elle habitait à l'autre bout, dans le grand Nord : Besançon. On ne se voyait jamais. Ça faisait loin. Elle m'écrivait ces mots d'une pureté incroyable : « C'est quand le bonheur ? » Je les ai collés à mes couplets tristes qui n'attendaient que ça pour briller. Le tour était joué. Non, ce n'était pas tout, il fallait en faire un tube. Si tu veux passer à la radio, répète un refrain le plus de fois possible, aussi bête soit-il. C'est un conseil que j'ai beaucoup donné par la suite à des jeunes qui entrent dans ce métier comme on pénètre dans une maison close. Autant leur offrir le poison le plus tôt possible.

J'ai donc répété : « C'est quand le bonheur ? » quarante-huit fois dans ma chanson. La suite ? Un contrat, un beau contrat. Et puis cette chanson qui passait partout en radio. « C'est quand le bonheur, C'est quand le bonheur… » J'en avais presque honte… C'est con le bonheur ! La suite ? Une interminable et pénible descente aux flambeaux vers les enfers. Le succès est une catastrophe. Je ne sais plus qui a dit ça : « Croise le succès le plus tard possible, la descente sera moins longue… »

*

Cette fois, c'en était trop. Avant de balancer ma radio par la fenêtre, je l'ai éclatée avec une masse. Je l'avais trouvée au fond de mon garage, elle m'attendait depuis toujours pour ce jour, cachée derrière un arrosoir. Les autres avaient raison sûrement. Je tournais totalement cinglé. J'aurais tout donné pour retrouver ma vie d'avant. La pureté de l'enfant. Ce mot n'existait plus.

Avant tout ça, je me réjouissais d'aimer. Avant tout ça, je me réjouissais de tout l'amour qui débordait encore et qui suintait par tous les pores de ma peau. Avant tout ça, je m'émerveillais. *Bullshit !* J'avais connu le succès, cette saloperie qui vous étouffe sous des fleurs en plastique. J'avais connu la petite gloire. Pour quoi ? Pour une poignée de chansons qui parlaient à tout le monde. Elles parlaient de ruptures. De séparations. Une séparation. J'avais écrit ça pour me sauver la vie. Cette fille m'avait laissé là sur le bord de la cuvette et après ? J'avais essayé par tous les moyens de mourir mais j'étais faible. Pas courageux pour deux sous. Je préférais subir, supporter, porter la croix de ma détresse plutôt que de sauter dans le vide. J'avais trouvé ce truc pour apaiser un peu mes douleurs – je souffrais vraiment. Écrire. Écrire des chansons. Raconter ce qu'elle m'avait fait endurer. J'étais au bout. Et ces mots qui coulaient de mon poignet tailladé. Le public a adoré parce que le public veut du vrai. En tout cas y croire. Tous ces gens qui aiment le sang frais. Ces gens qui scrutent l'agonie. Il faut écrire l'agonie. La décrire au plus près. Je te jure, ça marche. Mais le succès est une flaque de pisse dans le désert. La vie après le succès ce sont les secondes après l'orgasme (« l'orgasme est un paroxysme, le désespoir aussi, l'un dure un instant, l'autre, une vie », c'est le joyeux Cioran qui a dit ça). Le vide, encore le vide. Le succès est une catastrophe. En ce jour, je n'étais plus rien. Et j'étais devenu ce que je redoutais le plus : aigri. Un vieux chanteur aigri. En cette heure, j'en voulais, plus qu'à tous les dictateurs, à cette maison de disques et à ces salopards qui m'avaient décroché de mon arbre. Qui m'avaient découpé, pressé, jeté et qui adoubaient maintenant un plus jeune dont le seul talent était de maquiller en œuvre tout ce qu'il piquait aux autres. *Bullshit !*

J'ai ri. J'ai ri méchamment, comme un diable que l'on porte au bûcher et qui n'a pas peur des flammes. Je hurlais de rire. J'ai cogné ma tête contre le mur – peut-on mourir juste en se cognant la tête, de toutes ses forces, contre un mur ?

Je me suis de nouveau passé la tête sous l'eau glacée et j'ai aperçu dans le miroir le visage d'un homme que je ne connaissais plus. Fatigué, méchant, j'étais passé de l'autre côté, du côté obscur de la vie. Celui d'où l'on ne revient que très rarement. J'avais trébuché, et personne pour me tenir la main. J'avais roulé tout en bas du ravin, parmi les rats et les serpents. Au fond des ténèbres.

On était peut-être des morts qui attendaient de mourir, mais avant de me laisser dévorer par les jeunes loups, j'allais accomplir ce dont j'avais rêvé depuis toutes ces années : faire bouffer ses couilles au patron de ma maison de disques.

Le plan était simple, le plan était clair. Oui, votre honneur, il y a préméditation. Comme dans cette histoire. Oui, j'étais fasciné par cette histoire.

Nous sommes à l'Opéra de Paris, c'est la fin du

dernier acte du *Lac des cygnes*. Le cygne qui meurt, la lumière qui s'écroule sur lui et sur la salle en larmes. L'émotion à son faîte. Et puis ce type, un trompettiste, je l'imaginais en bout de course, une fin de carrière comme une autre. Il avait dû ruminer ça toute une vie. Peut-être avait-il même confié à sa femme : « Je vais le faire, tu verras, un jour, chérie, je le ferai. » Dernières notes. Le cygne s'éteint sous la musique. Le vieux trompettiste jaillit d'un coup de son pupitre. Debout, il hurle : « Et pan, il est mort le canard ! » Grandiose. Il hurle : « Et pan, il est mort le canard ! » Waouh ! Le public qui pleurait, frissonnant, une poignée de secondes plus tôt, ne pleurait plus. Rien. Il ne restait plus rien de la pyramide d'émotions qu'avaient sculptée les musiciens, les danseurs, les décorateurs, le metteur en scène et le chef d'orchestre, les yeux écarquillés. Enfin un ballet qui savait comment finir ! Grandiose ! J'allais terminer moi aussi mon opéra, l'opéra du chanteur fini, en feu d'artifice. Quitte à finir, autant finir dans le beau. Je ferais bouffer ses couilles au patron de la major du disque, receleur du vilain petit voleur de chanteurs.

Je n'étais plus musicien, je n'étais plus chanteur, je n'étais plus rien. J'étais, comme les autres disaient, fou ! J'avais tout arrêté. Enfin, à la demande générale, j'avais tout stoppé. Le dernier mouroir du disque auquel j'avais confié mes derniers albums avait tout raté, me concernant. Mauvaise promo, mauvaise stratégie. Des mauvais.

À leur « décharge », je pense qu'ils avaient tout prémédité, tout gâché volontairement. Je ne vois que ça. Le travail si mal fait élevé au rang d'art. Ils m'avaient scrupuleusement poussé vers ma voie de garage. Ils avaient programmé ma fin. Par deux fois, j'avais songé à me jeter par la fenêtre mais je ne l'avais pas fait. J'avais chaque fois, au dernier moment, pensé très fort aux enfants que je n'avais pas eus.

Si j'avais eu des enfants, j'en aurais eu quatre. Si j'avais eu des enfants, j'aurais été un papa sublime. Oui, monsieur ! Si j'avais eu des enfants, j'aurais eu un garçon et trois filles, j'aurais choisi des prénoms dingos, Milo-James, Coco, Poppée, Misha. J'avais rêvé de ces prénoms une nuit. Des prénoms uniques pour des enfants uniques. Fernand disait toujours : « Donner la vie, c'est donner la mort. » Pas faux. Mais il faut un sacré talent pour se débattre au milieu le plus joyeusement possible. Un rêve puissant. Ils étaient tous là. Mes enfants. Ils me regardaient. Leur mère, le visage déchiré par un sourire. Je les tenais tous dans mes bras. Je reniflais leurs cheveux, leurs cous. Je reniflais la vie. La plus petite, Misha, qui griffait ma barbe de mille joies. Si j'avais eu des enfants, j'aurais eu un vrai travail. Un travail qui vous rend fier. Un travail qui les aurait rendus fiers. Monter un mur brique par brique. Poser des tuiles une à une. Planter un bouquet de fleurs des champs tout là-haut, dans la fière cheminée. Respirer très fort. Ouvrir ses poumons au soleil. Fier. Fier d'avoir construit quelque chose en dur. Fier d'avoir cette femme unique. Fier d'avoir des enfants en pleine vie. Je n'ai jamais eu d'enfants et pourtant, parfois, c'est drôle, ils me regardent. Je m'arrête souvent sur ce banc aux Abbesses, face au manège, et j'observe leurs enfants. Les enfants des autres. Et le manège qui tourne, qui tourne, et les cris de joie et les mains tendues par cette princesse sur son cheval de bois. Et ses parents, les mains jetées vers la belle. Fiers. Heureux. Amoureux. Vivants. Et le manège tourne. Et il tourne encore. Et alors mes enfants, ils sont là, mes enfants. Ils tendent leurs bras, ils hurlent à la vie. Si j'avais eu des enfants, le regard des autres n'aurait pas été le même. Les autres m'auraient aimé car je me serais aimé. Les autres… Je ne m'aime pas. Je ne m'aime plus. J'ai décidé d'aller au bout. Au bout de mon bout. La pente. La seule offerte, là-devant. Si je suis un monstre, alors je dois être terrifiant. Le plus terrible des monstres : est-ce que les gens me détestent plus que je ne me déteste moi-même ? La nuit m'étouffe souvent dans ces cauchemars. Et j'avale ma langue. Et des mains, des grosses mains, se plaquent sur ma bouche. Et une pomme qui malaxe mon nez pour le briser. Et j'ai très mal. Alors cette voix qui hurle doucement, au fond de mon crâne : « Fais-le, fais-le, fais-le. » Devant le Dakota Building, Mark David Chapman attend John Lennon dans sa nuit.

Quand ai-je eu conscience d'être vieux ? En passant devant la vitrine du salon de coiffure en bas de la rue. En général, c'est-à-dire tout le temps, je traîne devant et prétexte de refaire un de mes lacets ou bien de m'intéresser au dernier shampoing exposé en vitrine. Le siège du client est ainsi orienté que la coiffeuse est obligée de se pencher dans ma direction pour laver les cheveux du type. Je peux alors me rincer l'œil à mon tour. À cette vision sublime des deux obus encore fermes de la jeune dame débordant de sa blouse. Une fois même, je pourrais le jurer, elle s'est aperçue de mon manège et s'est penchée un peu plus encore, levant les yeux dans ma direction. Ce jour-là, le dernier jour de ma jeunesse, ce n'est pas le spectacle bouleversant de la dame derrière la vitre mais mon propre reflet qui a jailli pour murmurer tristement à mon oreille : « Regarde comme tu es vieux, regarde. Ta bedaine naissante, ton nez qui plonge sans prévenir et ton front qui se dégarnit. Regarde, tu es vieux, on dirait ton père. »

C'est en vieillissant que l'on ressemble de plus en plus à son père. La coiffeuse aurait pu carrément laisser déborder et couler sa généreuse poitrine, je ne l'aurais plus vue. Je parle ici du dernier jour de ma jeunesse car il n'y a pas eu d'entre-deux. Pas de purgatoire. J'ai trébuché directement du paradis du tout est possible, du tout va arriver enfin, dans la noirceur, l'aigreur et les ténèbres de la fin d'une vie ratée.

Que l'on me présente celui qui brait comme un mulet : « Qu'il est beau de vieillir ! » et je l'étrangle sur-le-champ, non sans lui avoir fait bouffer ses couilles à lui aussi.

Et puis quand on boit, soit on est joyeux, un boute-en-train, celui que tout le monde invite pour éclairer les fêtes, soit on devient un sombre connard, capable de gâcher et de détruire la même fête. Je faisais incontestablement partie de la seconde catégorie. Seul, il fallait que je reste seul et que je boive à la santé des ténèbres. J'en étais presque arrivé à me persuader que j'étais un artiste maudit, un de ceux que l'on découvrirait le siècle d'après et qui entreraient par la grande porte dans les livres d'histoire, tout ça sans jamais le savoir. *Bullshit !*

Les bureaux de la maison de disques étaient situés au bout du grand boulevard. Un bâtiment immense. À vomir. Encore montrer. Montrer la toute-puissance. Montrer que d'un coup de talon, on peut écraser la petite gueule du faible. Montrer que l'on ne considère pas le plus faible.

J'ai salué le gardien à l'entrée. Il m'aimait bien le gardien. Je devais être un des rares à lui donner encore un bonjour. Ça s'appelle la bonne éducation. Le seul à lui offrir un sourire. Ça coûte quoi un sourire ? Les autres, ceux qui confondent sagesse et réussite, à partir du moment où ils passent de l'autre côté, n'offrent plus des bonjours aux laquais. Ou leurs bonjours ressemblent encore à une insulte. Je savais comment éviter le bureau d'accueil. Je connaissais ce putain de bâtiment par cœur. Lui ne me connaissait plus. Par la porte de derrière, j'ai pu rejoindre les escaliers. J'ai grimpé jusqu'aux couloirs du troisième étage. Ensuite, je n'avais plus qu'à filer jusqu'au bout. Le bureau du grand patron. Le grand Cochon. Je me suis glissé sous une table vide, entre des cartons, juste en face, face à la porte de Cochon. J'ai attendu que les derniers « sous-fifres » quittent l'étage. Cochon avait ça pour lui, il quittait le dernier, tous les soirs, le navire. J'avais tout calculé. Ce que je n'avais pas prévu, juste avant de m'extirper de ma cachette, c'est la jeune secrétaire qui s'est enfuie du bureau de Cochon. Discrète, éclatante comme un bonbon à sucer, et débraillée. Cochon, gros Cochon ! Il n'a pas cessé de mâchouiller son cigare éteint quand il a levé les yeux sur moi. À peine étonné. Je l'ai toujours connu avec ce cigare à la bouche. Il ne l'allume jamais. Quand il a fini de le mâchouiller, il le remet dans sa poche. Dégueulasse ! Il s'est replongé dans ses dossiers.

– Tiens, ça fait un bail ! Qu'est-ce qui t'amène ? Personne ne t'a annoncé.

Je n'ai rien dit, un silence, et puis…

– Tu as l'air bizarre ? tu n'aurais pas de la fièvre ?

Et puis son humour de merde :

– On dirait que tu vas braquer une banque ! Bon, je suppose que ce que tu as à m'annoncer est important parce que là, tu vois, j'allais partir. J'ai un dîner et je ne peux pas être en retard.

Il a voulu attraper sa veste de toujours – j'ai toujours connu cette veste de toujours – sur le portemanteau qui surplombait le bureau. Elle était déjà là quand j'avais signé le bout de papier qui représentait mon arrêt de mort. J'étais sauvage, j'étais rebelle et plein de musique en moi. Je ne pensais qu'à la musique et à la poésie, à l'amour de mon art. J'aurais signé n'importe quoi, en confiance. Et j'avais signé n'importe quoi. Là j'ai dégainé le tonfa glissé dans la poche arrière de mon jean.

– Tu te rassois, Cochon ! Tu ne m'appelles plus Bruno, Bruno n'existe plus ! Bruno, c'est pour mes amis et tu n'es pas mon ami. Tu n'es pas mon ennemi. Tu es ma douleur.

Cochon, pétrifié, ne bougeait plus. Il a d'abord rigolé.

– Mais tu es fou, Bruno ! Quelqu'un va venir !

J'ai tapé sur sa cuisse avec le tonfa juste au-dessus de son genou, pour l'aider à se rasseoir.

– Chut, je t'ai dit, plus de Bruno ! Assis, Cochon, assis !

Cochon sanglotait maintenant. Puis Cochon a supplié. J'aimais ça. Tout autour, sur les murs, s'étalaient les disques d'or du vilain, celui qui avait pris ma place. J'étais jaloux et ce sentiment m'aidait à être encore plus mauvais.

J'ai glissé le tonfa sous son nez.

– Tu as vu la matraque ? Comme celle des flics ! Je vais t'apprendre quelque chose : il y a des flics bien. J'ai vu un flic pleurer. Tu sais pourquoi ? Parce que des patrons, des salopards comme toi, l'obligeaient à traquer des mômes dans la forêt. La frontière italienne. Les mômes avaient survécu à la traversée en bateau jusqu'en Italie et ils tentaient de venir se réfugier en France, chez nous, le pays des droits de l'homme. Ça te parle ? Ces mômes avaient vu leurs sœurs, leurs mères se faire violer, ils avaient vu leurs frères, leurs pères se faire torturer, leurs maisons brûler, leurs amis mourir. Et ils avaient survécu à ce truc impossible, ce périple, pour s'enfuir jusqu'à chez nous. Et des salauds de patrons comme toi demandaient encore à des jeunes flics aux ordres de continuer à les traquer. Et ces enfants qui couraient dans la nuit. J'ai vu un policier, jeune, très jeune, pleurer jusqu'au suicide. Parce qu'il ne voulait pas faire le sale boulot. Il n'avait pas signé pour ça.

J'ai regardé dédaigneusement les murs.

– Le petit jeune que vous produisez, le vilain qui a pris ma place, il me pique tout. Tu le sais qu'il m'a tout volé. Tu vends ce que te ramène un voleur. Moi j'appelle ça du recel.

Du haut de ses quatre pattes, Cochon a relevé la tête.

– Tu es fini, Bruno, il faut passer ton tour. Il ne te vole rien. Considère plutôt cela comme un hommage.

– Un hommage ! J'ai l'impression qu'il rend hommage à beaucoup de monde ces temps-ci ! Les gens sauront un jour. Les gens découvriront un jour l'imposture et c'est moi qui planterai les clous sur vos croix et qui vous badigeonnerai de goudron et de plumes. Dans la vie, il y a ceux qui tiennent l'arme et ceux qui font le cochon à quatre pattes. Toi, tu fais le cochon ! Et je veux t'entendre couiner ! Ton poulain, combien de disques d'or, déjà ? J'espère que tu n'as pas trop déjeuné ce matin parce que tu vas tous les bouffer. Un par un. J'ai promis, Cochon. Je l'ai promis à ce qu'il reste de mon honneur, Cochon. Vas-y, décroche.

J'ai menacé son front du bout de ma matraque. La gueule de son jeune chanteur s'affichait partout. Tout autour du grand bureau, cette guirlande de disques dorés représentait la fierté de la maison de disques. Elle représentait la fin de mon règne. Le directeur pleurait plus fort maintenant. Il décrochait comme il pouvait les cadres sous verre et les déposait à même le sol sur la moquette bleue, au centre de la grande pièce. Ses yeux suppliaient et de larges auréoles s'étalaient sous les bras de sa chemise brune. On aurait dit des Australie.

– Tu as chaud, on dirait, Cochon ! À poil ! Fous-toi à poil, Cochon ! Allez dépêche ! J'ai dit à poil, Cochon !

Cochon a posé son gros cul sur les disques par terre pour ôter sa deuxième chaussette. Je me suis emparé du rouleau de scotch sur la table et j'ai bâillonné le goret. Tout nu, le directeur au-dessus de tout et de tout le monde n'était plus rien. Il ne ressemblait plus à rien. Si, à un cochon de lait prêt pour les fêtes. L'image était saisissante. J'avais vu un truc comme ça dans un film américain. Cochon pleurait encore. Ses yeux suppliaient. Le scotch qui barrait sa bouche l'obligeait à respirer par le nez où maintenant des bulles de morve éclataient et coulaient. Il suffoquait. Il pouvait mourir. C'était possible. Envisageable. On va tous mourir ! Et moi, je n'étais pas mort ?

– Allez ! Debout, Cochon ! On saute, allez Cochon !

Il piétinait ses disques d'or et de diamant maintenant. L'image était cruelle, magnifiquement cruelle. Le verre des cadres n'a pas résisté longtemps sous le poids de la bête. Une à une, les vitres qui protégeaient les disques ont explosé dans un bruit sec et triste sous les talons en sang de Cochonnet.

– Allez saute ! Saute encore, Cochon !

Je voulais du verre, du verre pilé, je voulais des grains de verre, je voulais du sable de verre. Il allait bouffer ses disques d'or.

Le gros patron s'est mis en position. À quatre pattes. Ses mains saignaient et ses genoux aussi. C'est quand il s'est mis à grogner – j'avais dû jouer du tonfa sur son gros cul – que les flics sont entrés.

– Qu'est-ce qu'il se passe, on dirait qu'on égorge un cochon ici… À terre !

Après avoir arraché le scotch, j'essayais d'engouffrer une poignée de petits bouts de verre pilé, brillants comme des diamants, dans la gueule de la bête. Les lèvres déchirées, Cochon hurlait dans son sang.

*

Asocial et fou furieux, j'étais d'accord avec ça.

*

Je ne suis pas resté longtemps en prison. Pas assez de place pour un type qui n'avait même pas réussi à tuer. Au bout de six mois, ils se sont débrouillés pour me laisser sortir. J'ai seulement dit au juge que je ne désirais plus faire de mal à personne. C'était sans doute vrai. À l'extérieur, les journaux n'avaient même pas relaté mon histoire. Rien. Ou à peine. Ça m'allait. Je n'existais plus nulle part, pour personne. Je n'étais plus rien et, vraiment, ça m'allait de me faire oublier... la plus belle chose que j'avais réussie dans ma vie... En pénétrant en prison, j'avais laissé ma peau de chanteur dehors. Elle ne m'attendait pas à la sortie. Personne ne m'attendait à la sortie.

J'avais promis à Francis, mon compagnon de cellule, de passer le voir dès que possible. Lui s'était fait attraper parce qu'il dealait à la sortie d'un Ehpad. Il ne voulait pas le faire à la sortie de l'école. La classe. Il avait des enfants et des principes. Il exerçait cette activité pour nourrir sa famille. Un bon gars, Francis. J'avais adoré cette histoire.

– Les vieux, m'avait-il raconté, certains, en arrivant au bout, voulaient essayer. Tout essayer.

Une petite vieille avait goûté à son truc. Il l'attendait

derrière le mouroir. Elle avait souri, mamie. Elle avait souri aux étoiles.

– À cet instant, elle avait dix-sept ans, il m'avait dit.

Maintenant, il souriait lui aussi. La dame devait avoir quatre-vingt-cinq ans, elle avait écarté les tuyaux respiratoires qui barraient sa bouche, elle avait aspiré à la joie. Une grande inspiration. Quand elle avait voulu embrasser Francis, il s'était laissé faire. Il avait laissé la vieille langue rouillée de la dame tourner dans sa bouche. Un bon gars, vraiment. C'est là qu'il s'était fait serrer. Vente de drogue et abus sexuel sur personne dans l'incapacité de se défendre. Les salopards lui avaient collé deux ans ferme. C'est votre société qui rend dingue. Regarde-les. Regarde tous ces politiques. Ces gars-là détournent des millions, ils assassinent même, ils éliminent tout autour et… Rien. Des pailles. Ils se payent l'avocat à la mode. Ils pleurent devant les caméras de télévision. Et ils rentrent chez eux, tranquilles. *Bullshit !* Je n'allais plus m'énerver. Ma rancœur était la croûte que j'avais arrachée à l'intérieur de ces murs gris pour toujours. Je suis sorti, j'ai laissé le bâtiment couleur pisse derrière moi. Quand le gardien a levé la barrière, il m'a lancé un « Bonne chance ». Je n'y croyais plus, moi, à la chance.

Une chose que j'avais adoré faire en taule, c'était passer du temps à la bibliothèque. Mon job ? Je poussais un Caddie plein de livres que je rangeais méticuleusement, par ordre alphabétique, sur les étagères. Il y avait ce type qui me suivait partout. Il m'avait vu en concert dehors, je ne sais plus où. Il avait vu mes yeux de joie sur la scène. Là-haut. Il ne les reconnaissait plus, il disait. Mes yeux vidés. Je pouvais le croire. J'avais beau lui expliquer qu'il se méprenait, que ce n'était pas moi, il n'en démordait pas. J'avais lâché le Caddie et je l'avais fixé, en louchant et en laissant couler un filet de bave depuis la commissure de mes lèvres. J'adore cette grimace. Là, je vous jure, quand je fais ça, j'ai l'air vraiment débile. Il ne m'avait plus jamais embêté. Il n'y avait plus de colère en moi. J'ai même choisi de laisser mon Shakespeare, celui de ma Sofia, dans la bibliothèque de la prison. Je me suis dit qu'une âme en peine tomberait peut-être dessus et se relèverait plus forte.

J'ai marché longtemps sous le soleil laid de Paris. J'ai sorti le trèfle à quatre feuilles de ma poche. C'est Francis qui me l'avait offert. Il l'avait trouvé, ce trèfle, et pourtant rien de bien ne lui était arrivé depuis. Ce trèfle n'était tout simplement pas pour lui.

– Je te le donne, il avait fait. Peut-être qu'il est pour toi. Peut-être que c'est ta vie qui doit changer. Plus la mienne. Elle sera belle ta vie.

Quelqu'un de bien, Francis. Juste son nom, Francis Caulme, ça me troublait un peu. En plus, ses lunettes et son corps si long et sec comme un sarment de vigne. Il n'arrivait jamais à se hisser sur le lit au-dessus du mien. La première nuit, je n'avais dormi que d'un œil. Quand il m'avait dit qu'il était originaire de Metz, j'avais frissonné encore. Je m'assoupissais avec un Rubik's Cube dans la main, au cas où. Un mec bien, Francis. Je n'ai jamais eu à lui fracasser le crâne avec mon jouet. Tous ces jours prisonniers, nous étions deux détresses qui s'apprivoisaient. Nous nous racontions des bouts décousus de nos vies décousues. Lui allongé au-dessus – quand il réussissait enfin à monter – et moi dans le lit du bas. Sûr qu'il fixait quelque chose. Le ciel gris derrière les barreaux. En face de la prison, Paris.

On s'était vraiment rapprochés. Je lui racontais des histoires. Souvent et n'importe quoi. Tout ce qui me passait par la tête. Et ça lui faisait du bien et ça me faisait du bien de lui faire du bien. En prison, il faut être astucieux. Il faut fourmiller d'idées pour s'échapper. Un peu comme ce prisonnier dans *Le Reptile* de Mankiewicz qui s'était inventé une petite ferme dans son sommeil et qui s'endormait pour rêver à sa ferme, s'occuper de sa ferme et s'échapper ainsi de la prison.

Me restait-il quelques traces de bon au fond de ma coquille ?

> Au mariage d'esprits fidèles je ne puis admettre empêchements ; l'amour n'est pas l'amour qui change devant le changement, ou cède à l'agitation avec l'agitateur.
>
> Oh non, c'est un repère toujours fixe qui observe les tempêtes, jamais ébranlé ; c'est l'astre de toutes les

barques vagabondes, à la valeur inconnue, bien qu'on ait pris sa hauteur.

L'amour n'est pas le jouet du Temps, bien que lèvres et joues roses dans le champ de sa faux viennent à tomber ; l'amour ne change pas, brèves étant ses heures et semaines, mais endure jusqu'au seuil même du jugement.

Si erreur il y a, attestée à mon encontre, jamais je n'ai écrit, jamais n'ai aimé un homme.

– Putain, c'est beau. Qu'est-ce que c'est ?

– Shakespeare, le sonnet 116. Il ne me quitte jamais. Je l'ai toujours sur moi. Sur le cœur. C'est mieux qu'une flasque de whisky, mon pote. Quand ça va moins fort, hop, je le sors de ma poche et je le bois. Je le lis jusqu'à ce que tout s'éclaire à nouveau. Et ça marche !

– Waouh !

– Francis, t'as déjà eu très mal ? Je veux dire à en dégueuler de douleur ?

– Je ne sais plus, j'ai l'impression d'avoir été lobotomisé.

On avait rigolé.

Pas meilleur que moi pour raconter des histoires. Alors j'avais encore raconté une histoire.

– Je visitais un site porno sur le Net. Je suis tombé sur ma femme.

– Non…

– Si, si. Elle était là, à quatre pattes, la jupe retroussée, et elle allait se faire prendre par un âne.

– Un mec bien monté ? Il y en a partout dans ces trucs-là. Il paraît que c'est trafiqué. Il faut pas aller voir, ça démolit l'ego.

– Non, non, un âne, un vrai ! Elle avait le cul tout rouge. Et un vieux dégueulasse lui claquait les fesses.

– L'âne, il était vieux ?

– Non, le fermier. Le vieux salaud moustachu giflait les fesses de ma femme en lui soufflant des cochonneries. T'imagines… mon épouse ?

Alors j'avais repensé à cette nuit.

– Pour déconner, je lui ai dit qu'avec la chance qu'avait notre couple, on n'aurait pas réussi à rater l'avion qui s'était abîmé dans l'océan. Des images de débris passaient à la télé. « Ne me touche plus ! elle m'a dit. Je ne reconnais pas ton odeur. Tu as changé. Nous n'avons plus rien tous les deux. » J'ai roulé sur le côté du lit. J'ai regardé le plafond dans la nuit et puis l'étagère. Mon fantôme s'est levé. J'ai entendu le bruit de la télé à côté. Et puis mon fantôme est revenu. « Trump est président, m'a dit son sourire. C'est dingue. Ça va canarder dans les rues. — Ne fais jamais confiance à un cow-boy, je lui ai répondu. On a fait l'amour. Non, on a baisé. Si tu l'avais connue, une très belle femme qui ne ratait jamais la messe.

– Et après ?

– J'ai fermé les yeux mais même les paupières

baissées, ils restaient quand même ouverts. L'âne, le fermier. Condamné à voir tout ça. Tout voir. Toujours.

– Pauvre vieux…

Francis s'était penché vers moi et j'avais pu voir son visage de tueur à la lueur de la lune. Pas meilleur que moi pour raconter des histoires…

– Et après ?

– Après, j'ai balancé l'ordinateur par la fenêtre. Et j'ai pleuré. Comme un bébé. Assis sur notre lit. J'avais le ventre tordu. Putain ce mal. J'ai vomi. Un moment, j'ai voulu suivre l'ordinateur. Et puis je me suis agrippé à ce livre, posé là. Je ne l'avais même jamais vu avant. Il fallait qu'on me parle, qu'on me dise quelque chose. C'était urgent. J'ai ouvert et voilà. Tu vois, Shakespeare m'a sauvé la vie. Un ange.

– Et ta femme ?

– Je ne l'ai jamais revue. J'ai laissé un mot sur la table et j'ai filé vers autre chose. L'impression d'extrême clarté d'un paysage après la pluie.

Je t'ai aimée quand tu étais belle.
Je t'ai aimée quand tu étais méchante.
Je t'ai aimée quand tu souffrais.
Je t'ai aimée quand les autres te tournaient le dos.
Je t'ai aimée sur le sommet.
Je t'ai aimée sous la merde.
Je t'ai aimée.

J'avais toutes les cartes et le sourire de la vie.

Tu m'as poignardé.

Je pars à cause de toi.

Tu me prends tout et tu m'enfermes dans ma boîte glacée de chagrin.

Je te laisse cette lettre car il n'y a rien de plus torturant qu'un suicidé qui ne laisse pas de traces.

J'ai encore un cœur, tu vois.

Oh mariage d'esprits fidèles, je ne puis admettre empêchement

L'amour n'est pas l'amour qui change devant le changement,

Ou cède à l'agitation avec l'agitateur.

Va te faire enculer par un âne !

Francis avait rigolé.

– Pauvre vieux…

J'avais rigolé moi aussi. Pour la plus grande joie de mon *roommate*, j'avais poursuivi mon délire. Pas meilleur que moi pour raconter des histoires…

– J'ai fui dans la rue. Un animal perdu. J'ai couru, couru, vers nulle part. Les yeux et les poumons brûlés. Mon cœur prêt à exploser. J'ai mis la main au cul à la première femme qui passait. Je crois même que j'ai essayé de lui prendre la bouche. Elle tenait la main de son vieux. Putain qu'est-ce qu'il m'a mis ! Le vieux s'est acharné sur mes joues, ses gros poings n'en avaient pas eu assez d'avoir détruit mon nez. Au début, une puanteur, une odeur très forte de sueur, s'échappait de son marcel. Après, c'est l'odeur de mon sang qui a étranglé mes narines. Une boucherie. Il tapait, il tapait. J'ai bien cru à un moment que je pouvais prendre le dessus mais ce colosse m'a décollé du sol et m'a projeté contre le coin du trottoir. Je ne bougeais presque plus mais ce malade est encore venu poser sa laide carcasse sur mon corps brisé. Putain, ses genoux bloquaient mes épaules. Maintenant, j'en étais sûr, il voulait ma peau. D'un demi-œil, j'ai pu apercevoir ses yeux. Injectés, fous, tueurs. J'ai rassemblé le pas-grand-chose qui me restait pour frapper le sol de la main gauche. Un lutteur qui admet la défaite et qui se rend. Rien n'y a fait. Il ne s'arrêtait pas. C'était mon heure. La femme s'est approchée. Elle m'a craché au visage. Je l'ai entendue hurler : « Laisse-le, laisse cette merde. » Le tueur avait saisi une brique qui traînait là, il s'apprêtait à me la fracasser sur le crâne. Finalement il m'a craché dessus à son tour. Je ne bougeais plus mais j'étais vivant. La fille m'a donné un dernier coup de pied dans le ventre. Et calmement, le type a ouvert son pantalon et m'a pissé dessus. Comme on arrose un tas de fumier d'essence pour y mettre le feu. « À toi », il a fait en désignant sa femme. Je l'ai d'abord entendue rire et puis plus grand-chose. Ses fesses ont frôlé mon visage et elle m'a pissé dessus à son tour.

Francis ne parlait plus. Je m'excitais tout seul :

– Je n'ai pas quitté le lit d'une semaine. Et puis c'est

retombé doucement. Je blottissais contre mon cœur mon Shakespeare, fidèle comme un dernier ami. J'ai doucement dégonflé. Après être passé du violet au rouge, le tour de mes yeux a repris une couleur moins effrayante. Je m'en suis tiré. Une étrange envie de sourire car la vie m'appelait à nouveau. Je me suis même trouvé beau dans la glace. À la radio, Leonard Cohen chantait « I'm Your Man ». J'ai esquissé quelques pas de danse. Pour éponger l'agressivité, la douceur des gestes est la seule médecine, mon gars.

Ça ronflait au-dessus de moi. Francis dormait maintenant comme un bébé. Un bébé en cage. J'aurais pu lui raconter des histoires toute la nuit. Je savais qu'avec mes histoires Francis s'enfuyait un petit peu. Pour aller où ?

*

Si j'avais eu des enfants, le garçon, le grand, Milo-James, je lui aurais appris à pêcher. En balade, là-haut, au-dessus de notre village. Vernet-les-Bains. Les gorges de Cady. Je lui aurais appris tout ça. Le respect de la nature. Le respect des animaux chez eux. Le respect de la rivière qui coule comme un cadeau de la grande montagne. La compassion. Pêcher un poisson. Le caresser fièrement. Ôter délicatement l'hameçon de sa gueule. Et le relâcher. Il aurait été beau mon fils. Il aurait été bon. Il aurait été heureux. Je l'aurais regardé sourire au poisson reconnaissant qui se serait ensuite faufilé sous la pierre. Libre.

Je ne croyais plus depuis longtemps à la chance. Je pense que ça demandait un grand travail sur moi de croire à nouveau. Mais je voulais préserver ce souvenir. Un cadeau de Francis ; un souvenir pour toujours. J'ai replacé le trèfle délicatement dans la feuille pliée en deux que j'ai glissée à nouveau dans ma poche. J'en étais certain, je ne reverrais plus Francis. J'avais menti encore. Je ne retournerais pas le voir derrière ces murs. À l'intérieur, j'avais laissé mon autre vie. Comme du sable qui coulait de mes poches trouées, durant la promenade. Le sable du tunnel creusé dans la nuit. Je ne voulais plus rien avoir à voir avec mon autre vie. En replaçant mon trèfle, j'ai touché l'autre feuille. Je l'avais déchirée du beau livre. Le sonnet 116 de Shakespeare. J'ai souri. Sensation étrange. Comme une presque brûlure au bord de mes lèvres. Mon visage n'avait pas souri depuis trop longtemps. Et ma peau se dépliait maintenant, craquelante. Il me restait ça, un trèfle à quatre feuilles, un bout du cœur de Shakespeare et un ticket de métro. Je suis entré dans la bouche direction Les Abbesses. Le banc, le manège. Il ne s'arrêterait jamais, le manège. Promets-le-moi. Tourner. Tourner. Tourner. Oui j'en étais sûr, sûr comme d'avoir piétiné toutes ces années si laides. Derrière. La vie. Derrière.

Je suis allé frapper à la porte de la Maison de Jésus. On m'avait parlé de ce refuge, en prison. Afin que le choc du retour à la liberté ne soit pas trop violent. Un vieux, d'abord, qui ne s'adressait à personne, qu'à moi. Je ne sais pas trop pourquoi. Et ce gardien qui m'avait conseillé de ne pas rester seul. Il m'avait recommandé lui aussi cette Maison de Jésus. Un havre de paix, il disait. Pire que prisonnier, il y a gardien de prison. Ils subissent. Ils souffrent, les gardiens de prison. « J'espère ne plus jamais te revoir », m'avait-il lancé gentiment en me regardant m'évanouir dans la jungle.

La Maison de Jésus. C'était un vieux hippie qui tenait ça. Il était parti dans les années soixante en Thaïlande. Un monastère. Watam Trabok. Un lieu de rédemption. Cet homme perdu, drogué au dernier degré, avait rejoint le bout du monde, semi-perché dans les montagnes, où des moines bouddhistes l'avaient d'abord traîné jusqu'au fond pour racler et vomir ce qui restait de ses ténèbres. Puis ils l'avaient aidé à remonter, doucement. Remonter jusqu'à la surface et cette lumière forte qu'on appelle la vie. Dans sa chute, il avait perdu tout le monde, sa famille, ses amis. C'est un ange croisé au fond d'une nuit de défonce qui l'avait ramassé sur les rives de la mort et l'avait conduit jusque là-bas. Il était revenu dans notre monde complètement désintoxiqué. Lavé, neuf, sauvé. Et il se sentait désormais redevable à son prochain. Il avait monté ce havre, la Maison de Jésus, qui accueillait les perdus, les perdants, les malheureux, les échoués. Ceux que la société rejette. Je répondais à tous les critères. Le gars se faisait appeler Hibou. Il ne m'a pas posé de questions. Je n'en ai pas posé non plus. Pourquoi Hibou ? Ce vieil homme grand, encore droit, élancé, tout de blanc vêtu, comme en pyjama, ressemblait plus au chanteur des Bee Gees – le plus beau des trois – qu'à un hibou. Il parlait doucement. Calmement. Très peu de mots mais chaque mot était choisi, précis. J'ai pensé à cet instant que Jésus, à l'époque, devait s'exprimer et se mouvoir de la même manière.

Quand Hibou m'a ouvert ma nouvelle chambre, j'ai ressenti cette impression de bien-être. Il y avait un écriteau sur la porte : « Hydra ». Une bouffée de très bon est venue regonfler mes poumons. Une table, une chaise, un lit, une fenêtre. Et le soleil qui plongeait dans mon nouveau chez-moi, aux murs aussi blancs qu'une maisonnette d'Hydra. Hydra, l'île préférée de Leonard Cohen. Les repas étaient servis à midi et dix-neuf heures dans une pièce commune. Il faudrait respecter les autres et surtout se respecter soi-même. Être propre. Toujours. Des habits propres. Toujours. C'était la base, le début. Se glisser à nouveau, à petits pas, dans la société. Remonter, remonter, remonter. Ça m'allait. Hibou souriait.

– Tu verras, la vie vaut le coup. Bienvenue.

Avant de refermer la porte de mon nouveau chez-moi, Hibou m'a tendu une enveloppe, garnie de quelques billets. Cet homme qui ne me devait rien me rendait tout. J'ai regardé le collier avec le petit Jésus qui m'attendait sur mon bureau. Je l'ai fourré dans ma poche. Je me suis allongé sur le lit. Au plafond, tout en long, une lame de soleil de fin d'après-midi est venue éblouir l'autre Jésus, celui sur la croix fixée au mur au-dessus de ma tête.

J'avais enfin un but. Attendre le repas servi à dix-neuf heures. En fermant les yeux, j'ai pensé à ça. Je ne me souvenais plus de la dernière fois où j'avais écouté de la musique. J'en avais entendu, oui, mais pas écouté. Si j'avais eu des enfants, une fille, on l'aurait appelée Coco. Elle aurait joué du piano et du violoncelle. J'ai toujours rêvé d'une fille qui jouerait du violoncelle dans notre maison, un dimanche après-midi, pluvieux. Oui, la pluie. Des gouttes de pluie viendraient s'agripper à la vitre, afin de rendre encore plus romantique la vue sur le jardin. Coco interpréterait cette œuvre que je ne peux écouter sans pleurer : « El cant dels ocells » de Pablo Casals, le plus immense. Les jambes si longues de Coco, à treize ans à peine, embrasseraient l'instrument. Et moi, discret, derrière, recevant ce cadeau. Mon arrière-grand-père était le photographe personnel de Pablo Casals, quand le maître était venu se réfugier à Prades, juste derrière la frontière, pour fuir le franquisme. *Franco la muerte.* Mémé Stella m'avait confié cette photo. On la voyait toute mignonne, toute joufflue, encore bébé, s'amuser sous le piano du répétiteur du plus grand violoncelliste de tous les temps : Pablo Casals.

Hibou a tenu à me présenter lui-même à la tablée :

– Voici Bruno !

– Bonjour, Bruno !

À l'unisson, les douze rescapés abîmés, propres, m'ont gentiment salué. J'ai hoché poliment la tête et j'ai pris place derrière mon bol de soupe. Une délicieuse soupe au potiron. Un jour, j'aurais un jardinet et j'y planterais moi-même mes légumes. Doucement, j'étais en train de remonter. Sûr.

Posé sur la table de nuit, il y avait cette bible. Je lisais parfois des passages. Je n'étais pas d'accord avec tout, mais dans l'ensemble l'histoire était assez formidable. La lecture me permettait de relier le repas de midi à celui de dix-neuf heures. Et puis de rejoindre la nuit douce dans ma chambre sereine de ma petite île d'Hydra, au cœur de Paris. Hydra, je n'étais jamais allé là-bas. Hydra, je ne te connais pas mais j'ai lu toutes ces choses sur Leonard Cohen, les escapades, et puis ce poème…

À mon réveil, c'était Shakespeare, le sonnet 116. Celui qu'il me fallait pour me hisser sur la monture du nouveau jour qui se présentait. Remonter, remonter, remonter. Les jours passaient, peut-être. Et puis les nuits, et les repas de midi, et ceux de dix-neuf heures. Hibou venait parfois me rejoindre dans ma chambre. Il s'asseyait au bout de mon lit, les mains sur ses genoux, le dos toujours bien droit dans son pyjama blanc. Il pouvait rester là de longs moments, sans parler, perdu dans ses pensées. Son regard bleu jeté dans le ciel par la seule fenêtre de la pièce, comme le hublot d'un petit bateau blanc. Nous ne parlions pas. Je ne voulais pas piétiner la grande prairie de ses méditations. Il ne voulait pas dévier la rivière des mots de cette bible que je relisais maintenant, jusqu'à tatouer toute cette bonté dans mon cœur. Hibou n'avait pas d'âge. Sa peau fripée trahissait un beau passage sur cette terre. La douceur de sa voix, la sagesse de ses mots laissaient deviner que cet homme avait vécu des centaines de vies sans mourir. Son cœur était un cœur d'enfant.

– Tu es tombé, tu t'es relevé mais tu n'es pas là pour effacer les traces de tes chutes. Tu es ici pour entendre que tu vaux beaucoup mieux que ce que tu as fait.

Je ne savais plus depuis combien de jours j'étais reclus sur l'île. Seul le changement de saison par la fenêtre m'offrait parfois des indices précieux. Il neigerait bientôt. Et puis le soleil qui résisterait un peu plus, pour ne plus jamais vouloir se coucher. N'est-ce pas ça que l'on appelle le printemps ?

Une nuit, Hibou est entré dans ma chambre, comme d'habitude, si paisiblement. Le non-bruit qu'il faisait en s'approchant donnait l'impression que cet homme flottait. J'étais assis au bord de mon lit et je fixais la coulée d'étoiles sur l'écran de cinéma de ma fenêtre. Elles brûlaient toutes plus fort les unes que les autres. Je pouvais les toucher. Hibou a posé sa main douce sur mon épaule.

– Si tu continues à regarder les étoiles comme ça, elles finiront par tomber dans tes yeux.

Alors nous avons souri tous les deux. Alors Hibou s'est assis près de moi, les mains posées sur ses genoux blancs. Et il a parlé, parlé. Hibou m'a raconté un beau passage de l'une de ses vies. Ses yeux dansaient au rythme de toutes ses aventures extraordinaires. Ça parlait d'océan, de bateaux et d'îles mystérieuses. Je buvais ses mots. J'étais une plume légère qui s'envolait avec eux. Remonter, remonter, remonter. Haut. Très haut.

– Tu es beaucoup plus beau qu'à ton arrivée. Tu as l'air reposé, c'est bien. Sais-tu depuis combien de temps tu es chez nous ?

J'avais vu passer un été. J'avais par la fenêtre de mon île pu apercevoir le grand arbre qui s'habillait du rouge de l'automne. J'avais passé la tête par le hublot et tendu la langue pour gober les précieux flocons de neige de l'hiver. Bien sûr, l'hiver à Paris n'était pas mon hiver, celui du pied de mes montagnes catalanes. La neige ne tenait pas sur son sol malade, et j'aurais voulu raconter aux mômes parisiens combien il était sublime de fouler la neige le premier, le matin, les premières traces, les descentes en luge depuis la grande pente qui plonge du bosquet, meilleur point de vue de Vernet, jusqu'à la grotte des amoureux. « Apprendre à lire le paysage ne détruit en rien le paysage, il faut apprendre à regarder pour rien. Regarder le paysage comme une succession de strates ne tue pas l'émerveillement. » C'est un ami poète qui m'avait offert ces mots dans l'autre vie, celle où l'on regardait les fleurs et les arbres par la fenêtre de sa petite maison perdue. Celle où l'on regardait passer l'après-midi en buvant du vin de Grèce.

Le cerveau est-il ainsi fait ? Il ne me restait désormais plus grand-chose. Le passé, mon passé, était resté coincé derrière les grands murs gris de la prison. Seuls quelques filets de souvenirs d'une enfance heureuse pouvaient fuiter encore jusqu'ici. Hydra, ma petite chambre toute blanche. Me restait-il maman ? Me restait-il papa, ce manque éternel ? Et puis un nom qui venait cogner régulièrement à mon cœur et m'arracher des larmes précieuses. J'aurais voulu les conserver pour toujours dans la paume de ma main. Je ne pleurais plus beaucoup. Alec, mon ami, mon amour, où es-tu ? J'ai besoin de toi, non pour oublier ma promesse mais pour me souvenir. Aux dernières nouvelles Alec était parti à Paris, étudier l'hôtellerie. Il m'avait envoyé quelques lettres, j'étais si loin de lui. J'avais répondu parfois, et puis moins, et puis plus rien. Je souriais tout seul en imaginant le batteur de Pénétration Anale, avec sa crête érigée au savon, aujourd'hui dans son costume-cravate, diriger la brigade d'un restaurant étoilé. S'ils savaient… Et puis je souriais tout seul en reniflant mon ami peut-être si proche dans cette ville. Je pouvais presque sentir son cœur battre dans mes veines.

Depuis combien de temps étais-je là ? Dans ce refuge ? Je ne voulais plus partir. J'ai vu passer le printemps et il faisait maintenant très chaud, à nouveau. Par la fenêtre, seule faille qui plongeait sur la vie, j'avais espionné ces enfants qui venaient s'embrasser en cachette, loin des adultes, loin du monde, si près de l'amour.

Hibou a saisi l'enveloppe sur le bureau.

– Tu n'as même pas touché à l'argent. Ce n'est pas grand-chose mais c'est à toi.

Étonnamment droit. Toujours les mains sur ses genoux.

– Ça fait une année que nous nous connaissons, Bruno, une année que je t'observe tous les jours. Tu as respecté toutes nos règles, jamais en retard pour les repas, toujours propre. Voilà une année, tous ces jours, que tu n'as pas mis le nez dehors.

Hibou a tiré un document de la poche de son pyjama blanc. Il me l'a tendu.

– Quand tu es arrivé ici, tu m'as confié tes papiers, sans jamais me les demander. Sais-tu au moins quel jour nous sommes ?

J'ai souri à mon tour pour essayer de masquer ma gêne. Je n'avais aucune idée du jour qu'il pouvait être.

– Nous sommes le 28 juin et tu as cinquante ans aujourd'hui.

J'ai observé, un peu méfiant, la carte d'identité. Sur la photo, ce type plus jeune me regardait. Il tirait la gueule. Pourquoi faut-il toujours avoir l'air d'un repris de justice sur les photos d'identité ? 28 juin 1968. J'avais cinquante ans aujourd'hui. Quand on était jeune, cinquante ans c'était le bout du bout. On regardait les vieux de cinquante ans avec compassion. On les plaignait presque. Il ne leur restait plus grand-chose à croquer. Alec, tu te souviens ? À quinze ans, on se projetait, on jetait des pierres vers le futur. On les entendait, cristallines, tomber au travers des années. Dans dix ans on serait encore jeunes. Et puis à vingt-cinq ans, on répétait encore le geste. Encore. « Dans dix ans on sera encore jeunes. » Et les pierres qui volaient, loin devant. Encore. « T'imagines toutes les bêtises qu'il nous reste à accomplir, toutes ces aventures ? » Et puis le jeu s'est arrêté. Nous mordions la planche de la vieillesse. Nous ne serions plus jeunes, jamais. La pierre nous tombait des mains. Alec, on s'est perdus, peu à peu. Des yeux mais pas du cœur. Chacun sa route, son chemin chaotique ou de chaos. « Le temps court comme un élan. »

Papa était mort. Et puis le petit frère d'Alec est mort. Alors son visage est devenu gris pour toujours. Le mien n'était plus beau, plus neuf, plus pur, abîmé par les choses de la vie. Comme les autres. Nous étions faits comme les autres et nous avalions comme les autres la poussière d'une vie trop rude pour les rêveurs.

Hibou m'a tendu un rouleau de papier glacé.

– Bon anniversaire, Bruno.

J'ai déroulé le poster. C'était la photo d'une mer. Une mer sublime éclairée par un soleil qui me brûlait presque les doigts. Elle s'étendait, loin devant, à l'infini. Une bouffée d'oxygène est venue tapisser mes poumons jusqu'à m'étourdir.

– C'est la vue de la mer depuis le sommet de ton île.

Une vue imprenable. Il ne manquait plus que la mer autour de ton île.

Hibou rayonnait. Je ne sais pas si c'était sa voix douce, ses mots posés où il fallait, comme des wagonnets en coton, accrochés les uns aux autres, tous à la bonne place. Ils m'aidaient à remonter. J'ai pleuré. J'ai beaucoup pleuré. Hibou m'a pris dans ses bras et m'a peigné les cheveux avec ses doigts fins. Papa, c'est bien toi ? Papa ? Papa, tu me manques. Mais, mon papa, tu es là ? Mon petit papa, mon ange. Et je pleure dans tes mains toutes ces larmes coincées depuis plusieurs vies. Quand tu es parti, quand tout le village t'a laissé là au fond de ce trou, je me suis enfui tout seul. J'avais besoin de mon pays. Il m'appelait sans cesse. J'avais besoin de mon Irlande. J'ai grimpé jusqu'à la chapelle de ce petit village du Kerry où le hasard m'avait guidé. Ici, je croyais encore au beau hasard. Tout là-haut, sur la colline qui surplombait les maisons paisibles. La chapelle. C'était là qu'il fallait te parler. Nous pardonner. Te dire au revoir. Je me suis agenouillé sur le repose-pieds de bois et j'ai posé mes coudes pour joindre les mains, comme ça. Au-dessus de ma tête, un petit vitrail cassé qui, face à l'autel, inondait le sublime. J'ai entendu ce bruit de pas derrière. Je n'étais plus seul. Tu m'as rejoint, papa. À deux pas. À deux bras de mon petit dos courbé. J'ai vu le moine en toile de bure marron, j'ai vu le moine en toi. Et l'homme m'a souri. Tu m'as souri, mon ange. J'ai souri. Je me suis retourné vers l'autel, encore, pour remercier quelqu'un, là devant mes yeux… Et puis je me suis tourné à nouveau. Le moine avait disparu. Tu avais disparu. Je me suis relevé et me suis dépêché de te suivre. Jusqu'à la petite porte vermoulue au bout de l'allée. Personne. Personne. Dehors ? Personne. Seule trace de vie, une cheminée qui crachait de la fumée de tourbe, tout en bas, au cœur du village, au loin, au fond, au pied de la colline. Papa, je t'ai laissé partir, papa, tu m'as laissé partir, et je pouvais continuer à me mesurer au chemin. Seul. Vraiment seul maintenant. Vivre. Ma nouvelle vie. Combien m'en restait-il ?

Hibou m'a doucement redressé. Une trace de larmes dessinait une fleur sur son épaule. Il m'a regardé gentiment, avec compassion, comme l'aurait certainement fait un Jésus. Hibou était Jésus.

– Tu es prêt, Bruno, tu peux t'envoler maintenant. Tes ailes sont réparées. Je n'ai plus peur pour toi.

Puis il a poursuivi :

– Connais-tu Paris ?

Je me suis levé du lit et j'ai effectué les pas qui me séparaient de la fenêtre. Je n'ai pas reconnu ma voix trop aiguë. La voix monte dans les très haut quand on ne parle plus.

– Je sais aller jusqu'aux Abbesses, jusqu'au manège. C'est là que j'aurais emmené mes enfants, c'est là qu'ils auraient pu m'attendre.

J'ai tiré le feuillet coincé sous la bible sur la table et l'ai offert à Hibou. Les mots les plus beaux, Shakespeare.

Merci pour tout ça. Le sourire du grand homme a lu les mots et il m'a serré à nouveau au fond de ses bras.

– Je connais bien Tonio, c'est lui qui fait tourner le manège. Il est passé un petit bout par chez nous. Comme toi, ses ailes étaient réparées et Tonio s'est envolé. Je vais te préparer une lettre, tu la lui remettras de ma part.

Hibou a quitté mon île, emportant dans son sillage une lueur, une flamme, un feu. L'amour. J'ai aimé Hibou. Avant qu'il ne referme la porte, j'ai saisi sa main et me suis agenouillé. J'ai embrassé ses doigts.

J'ai décroché l'autre Jésus au-dessus du lit, déroulé le poster. Sa place était là. La grande bleue. Et puis non, j'ai crucifié à nouveau le martyr et j'ai fixé mon affiche au-dessus de la petite fenêtre. On y était. Nous y étions. Voilà Hydra pour de bon, cette fois. Je n'étais jamais allé là-bas mais l'odeur iodée de la mer grecque s'agrippait aux quatre murs blancs de ma petite chambre. J'étais dans cette pièce. Une table, une chaise, un lit, pur comme l'amour qui dure et qui guérit. Pas de brûlure, juste de la lumière. J'étais Leonard Cohen.

*

La grande toupie. Le manège tournait toujours sur lui-même et jusqu'au bout du monde. Les parents autour toujours. Les sourires ne sont vrais qu'aux abords d'un manège chargé d'enfants et de souvenirs. Si j'avais eu des enfants, ma troisième, Poppée, aurait été la plus sauvage. À six ans, elle aurait pratiqué la harpe au conservatoire. Les autres ? Ceux qui n'ont jamais caressé cet instrument savent-ils seulement qu'ils passent à côté de la poésie ? Poppée aurait fait du poney aussi. Elle serait tombée une fois, deux fois, trois fois, et chaque fois se serait relevée avec un rictus de rage et de revanche lancé par ses yeux émeraude. Elle aurait défié la monitrice : « Plus haut la barre, plus haut ! Je veux sauter encore jusqu'à griffer le ciel ! » Sauvage. Elle aurait eu des mots à elle et des *punchlines* meurtrières : « Papa, pourquoi les pauvres jouent-ils toujours de la guitare ? » Elle n'aurait jamais dormi, parce qu'on n'a pas le temps de fermer les yeux et que la nuit fait peur. Elle aurait supplié que je lui dessine des animaux avec le bout des ongles comme une plume d'ange sur la peau fraîche de son dos. Elle aurait pleuré doucement quand papa et maman auraient décidé de ne plus dormir ensemble après une nouvelle guerre. Elle serait venue embrasser mes paupières remplies de fatigue au petit matin sur le canapé rouge du salon. Poppée. Il est beau ce prénom. Quand je l'aurais appelée du fond du jardin ça aurait été : « Pop ! Pop !... » Il y a du bleu, du rouge, du jaune et même du violet dans ce prénom. Jamais de noir. Poppée était la femme de Néron. La plus belle de Rome, la plus intrigante aussi. Ma Poppée aurait été la plus sauvage.

J'ai tendu la lettre de Hibou au moustachu derrière le comptoir de la petite cabane. Tonio. Le manège tournait toujours et les cris de joie des enfants. Tonio tirait la ficelle. Tout au bout, accroché au ballon, le pompon giflait l'air. Tonio dirigeait le jeu. Il a visé et déposé la crinière de laine sur les genoux d'une petite demoiselle apeurée qui s'est aussitôt réfugiée, coincée au fond de son carrosse doré. Et c'est une autre main, celle d'un plus grand, en danseuse sur sa licorne au galop, qui est venue scalper le pompon et rafler la mise. Des cris encore. Les sourires des parents autour, toujours. À la fin du tour, Tonio a lu les mots de Hibou. Sans trace d'émotion il s'est levé, a jeté sa veste sur son épaule, et sans m'offrir un regard il est parti. Le manège ne tournait plus depuis un trop long moment maintenant. Alors, sous les supplications des enfants prêts à en découdre, je me suis assis derrière le petit comptoir et j'ai appuyé sur le bouton magique. C'est reparti pour un tour.

Au fil des jours j'ai vraiment pris le coup. Je lançais le pompon maintenant avec le geste auguste du bon pêcheur au fouet qui dépose sa mouche où il veut sur la surface irisée du lac. Quelques coups de poignet à la ficelle tendue et mon ballon coiffé virevoltait en tous sens comme un pantin bien vivant. Je savais que Tonio ne reviendrait pas. Avec l'expérience de la vie vous savez lorsque les gens vous quittent pour toujours. Une vieille dame venait fermer la boutique le soir. Elle comptait les tickets vendus, faisait la caisse comme on dit, et me restituait une petite part de la recette. Ça m'allait. Ça lui allait. Elle ne s'est jamais posé la question, en tout cas ne me l'a jamais posée. J'étais un autre, et après ? Pour elle j'étais un autre Tonio, celui qui faisait tourner le manège, le dompteur de pompon. J'ai dormi quelques jours sur le banc derrière la cabane. Je trouvais ça plutôt romantique. Et puis l'été, le ciel clément, la température douce du soir et les gens, pour la plupart des touristes, qui me laissaient tranquille. Je faisais partie du décor. Un vagabond céleste sur un banc de la Ville lumière. Une jeune fille, une Chinoise, m'a même demandé si elle pouvait me prendre en photo. Avec l'argent que m'avait laissé Hibou et mon salaire de maître de manège, j'avais de quoi dénicher une chambrette, mais les jours étaient beaux et, calé en chien de fusil sur ce banc, avec les mains en prière sous ma joue, j'étais bien. J'ai repensé à toutes ces nuits blanches. On avait treize ans sur la place de Vernet-les-Bains. Avec Michel on écoutait Hubert-Félix Thiéfaine et CharlÉlie, et même si les yeux piquaient, on résistait. Nous attendions les premières lueurs du jour. On était persuadés que sans dormir, on gagnait du temps sur la vie. Et c'était vrai. On s'était posé la fameuse question : qu'est-ce qu'on ferait quand on serait grands ? Étonnament sûr de lui, Michel avait craché ces mots sous les étoiles : « Je serai pompier. » Vous savez quoi ? Il est devenu pompier professionnel.

Moi je voulais voir le monde. Un troubadour. Je voulais plein d'enfants…

Cinquante ans, allongé sur un banc, je souriais à la lune et la lune me souriait.

– Je m'appelle Roberta, et toi ?

Un soir qu'elle était venue comme d'habitude fermer le manège, la vieille dame m'a proposé de dormir chez elle. Et puis j'avais besoin d'une bonne douche, m'a-t-elle lancé, sans expression. Roberta avait quatre-vingt-deux ans. Elle a répondu à ma question avant que je ne la pose. Elle aurait bien sûr pu arrêter de travailler depuis longtemps mais elle était persuadée que si elle ne se rendait pas à son manège tous les jours, elle en mourrait. Les tours de manège étaient les aiguilles de l'horloge de sa vie.

Elle m'a tendu la serviette et le savon qui sentait fort la lavande. Et puis elle est restée plantée là, à me regarder. Je me suis déshabillé devant elle. Je n'étais pas plus gêné que ça. J'ai pensé à ma grand-mère, mémé Stella, qui m'aidait à ôter mon pantalon et ma chemise avant de me plonger comme une poignée de spaghettis dans le bain chaud et de me décrasser de la tête aux pieds. Je n'avais pas quatre ans. Roberta m'observait. Ses yeux ne disaient rien. L'eau coulait maintenant sur mon corps, ma dernière vraie douche remontait à mon séjour à la Maison de Jésus sur ma petite île d'Hydra. Roberta a saisi la serviette pour me sécher de la tête aux pieds.

C'était bon de se laisser faire. Roberta prenait minutieusement soin de moi, comme si elle jouait avec une vieille poupée. Je n'ai posé aucune question. Je n'étais pas l'objet d'un désir, plutôt celui d'un souvenir. Je l'ai laissée se rappeler sur mon corps. Pas un mot n'est sorti de ma bouche quand elle m'a frictionné la poitrine avec une eau de Cologne à vous tourner la tête. J'étais neuf. Je sentais bon. Alors Roberta m'a pris par la main pour me conduire jusqu'à la chambre. C'est en passant la porte que j'ai posé la question :

– Nous devons faire l'amour ?

La pièce offrait une odeur connue. L'odeur des pastilles que glissait mémé Stella dans les placards entre les draps pliés pour éloigner les mites. Roberta a ouvert le lit et je me suis engouffré dans le bonheur moelleux des draps frais comme un petit matin. Elle s'est assise au bord, elle m'a emprisonné une main et a posé l'autre sur mon front, la tête inclinée. En recueillement. C'est là qu'elle a pleuré.

Tous ces jours Roberta venait fermer le manège, relever la caisse. Elle prenait joyeusement mon bras et nous « sautillions » jusqu'à chez elle. J'étais bien. Je me sentais en équilibre. Comme sur un niveau de chantier, ma bulle de vie se promenait entre les deux traits. Je remontais encore. Voilà mon nouvel ange, j'ai pensé. Parfois Roberta me parlait d'elle, de son passé. Roberta avait trois enfants, je ne les connaissais pas mais je savais qu'ils auraient presque pu être mes parents. Elle ne les voyait plus. Je n'ai pas posé de questions.

Nous avons allumé trois cierges dans la crypte tout au fond de l'allée gauche de la vieille église Saint-Pierre de Montmartre. Roberta a fait trois vœux. Depuis mon banc de bois sur lequel je m'étais agenouillé, posté sur le côté, je distinguais ses lèvres qui remuaient. Roberta conversait avec Dieu en personne. Quand elle a rouvert les yeux, elle m'a souri. Elle s'est levée et a glissé une nouvelle pièce dans le tronc pour éclairer un quatrième cierge, sans quitter mes yeux. Sûr, c'était pour moi. Alors elle a baissé la tête et a repris sa discussion avec le Très-Haut. Roberta détenait précieusement un secret mais je n'ai pas posé de questions.

Nous étions emboîtés l'un dans l'autre mais nous ne faisions pas l'amour, nos jeux nocturnes allaient bien plus loin. Le rituel était le même, toujours. Ma Roberta commençait par me prendre la main et puis elle posait l'autre sur mon front. J'étais allongé, j'étais à elle. Elle inclinait sa tête sur moi et elle pleurait. Toujours. Alors je faisais semblant de m'endormir et c'était le signal. Roberta ôtait son tablier puis ses chaussons qu'elle rangeait soigneusement au pied du lit. Elle décrochait la petite croix de son lobe et la déposait dans une petite boîte sur la table de chevet en bois de cerisier. Elle faisait glisser sa jupe et dégrafait son corsage. Puis elle s'allongeait sur moi et ses bas venaient s'électriser sur ma peau. Je dormais pour nous rassurer. Sa bouche remontait jusqu'à ma bouche et Roberta suçotait mes lèvres. Après, elle nichait sa tête dans mon cou. Parfois elle chantonnait des bouts de mélodies trop anciennes pour que je les reconnaisse. Si, une fois, c'était « Moon River ». J'ai même reconnu Audrey Hepburn dans la voix de Roberta. J'ai aimé sa lourde poitrine laiteuse sur mes côtes bien dessinées. Je pouvais même jouer avec. Roberta me protégeait. Un ange, sûr.

Au milieu d'une nuit elle a caressé ma joue et m'a doucement réveillé.

– Viens voir.

J'ai suivi mon fantôme dans la nuit. Avant de pousser la porte, elle s'est retournée pour me faire face :

– Je n'ai jamais montré ça à personne.

On s'est installés derrière son bureau et Roberta a allumé l'ordinateur. Elle domptait sa souris comme une ado intoxiquée par les réseaux sociaux. D'ailleurs c'est une jeune fille plutôt très belle qui est apparue à l'écran.

– C'est moi, elle a fait. Je m'appelle Cynthia et j'ai vingt-huit ans. Comment tu me trouves ?

La fille qui souriait sur l'écran était sublime. Un seul défaut peut-être : elle n'avait aucun défaut. Sur la photo qui s'offrait à moi, ses yeux bleu acier n'avaient rien de tragique. L'ourlet de ses lèvres pulpeuses était trop gourmand. Son nez ? Dessiné par Léonard de Vinci. J'aime les nez voûtés ou sculptés par les doigts d'un dieu bourré. Des nez qui racontent quelque chose, une souffrance. Cette fille qui me dévorait, là, sur l'écran, était décidément trop parfaite à mon goût, mais mon goût… Mes yeux ont vite fondu sur les deux seins lourds qui déformaient la chemise à carreaux cow-boy de la demoiselle. Difficile de détourner le regard des deux boutons défaits sur le vertigineux décolleté. Cynthia souriait. Et Roberta souriait. Heureuse. Elle contemplait la créature de son écran avec fierté. Sa chose. Alors, cette vieille dame si douce et si gentille qui m'offrait le gîte et le couvert et même des bouts d'amour depuis tous ces jours a posé ses mains sur mes épaules en frôlant ma joue et a encore un peu plus approché son visage de l'écran. Elle a passé ses doigts sur son crâne pour remettre en place quelques cheveux secs, égarés et presque jaunes comme de la paille oubliée sous un soleil de feu. Elle mouillait maintenant du bout de sa langue ses lèvres pelées par le couteau des années, face à ce miroir qui lui renvoyait l'image parfaite d'une bimbo de vingt-huit ans. Un instant volé au temps. Un arc-en-ciel déplié sur le naufrage de la vieillesse. Roberta souriait jusqu'au bout, jusqu'à pleurer. Deux larmes ont jailli de ses yeux et n'ont pas été freinées par le fond de teint rose plâtré tôt le matin pour reboucher les petites tranchées creusées par des années de chagrins d'amour, de fausses espérances, de désillusions, de résignation de vie. À cet instant Roberta m'a touché. À cet instant cette dame m'a profondément touché. Quand je l'ai serrée dans mes bras, j'ai égoïstement pensé à mes cinquante ans et au canon froid du revolver que je n'aurais certainement pas le courage de sucer un jour avant de presser la gâchette pour m'épargner la fin de cette grande chute.

L'amoureux de Roberta avait trente ans. Ils étaient ensemble depuis six mois. Je n'ai pas pu m'empêcher sur les photos qu'il postait tous les jours de lui trouver une ressemblance troublante avec un acteur américain. Brad Pitt. C'est ça… Brad Pitt. Quand je l'ai avoué à Roberta elle a paru encore plus fière. Tout roulait entre eux. Les photos de Brad – enfin son vrai nom était Kevin, enfin Kevin était le prénom qu'il prétendait porter – étaient toujours accompagnées de petits mots d'amour et même parfois de lettres carrément enflammées. Ce type était mordu. Sûr. Il était amoureux de Roberta. Enfin de Cynthia. Et ça me rendait joyeux de la voir joyeuse. Elle aimait par-dessus tout que je commente les poèmes de Brad. Tout collait entre eux. Mêmes centres d'intérêt. Brad aimait les belles voitures, il avait soif de voyages. Cynthia raffolerait de rouler dans une Buick décapotable, ses longs cheveux au vent. Bien sûr il ne partirait jamais au bout du monde sans sa belle, jamais. Il aimait le sport. Cynthia avouait renforcer ses jolies fesses par des séances de Pilates. Sur sa dernière photo on le voyait torse nu transpirant sur un rameur. J'ai toisé, navré, mes pectoraux comme on observe un fruit gâté oublié sur le sol brûlant à la fin d'un marché provençal. D'un doigt j'ai essayé de relever le bout de peau qui couvrait mes côtes. Roberta s'est moquée :

– Toi tu as autre chose.

Alors on a éclaté de rire. Brad affirmait détenir une licence de physique. Les mathématiques, l'histoire et la culture générale étaient ses véritables passions. Il a attendu que Cynthia lui parle de ses goûts musicaux pour lui avouer que, chose incroyable, il écoutait les mêmes artistes. J'ai dodeliné de la tête en relisant son dernier poème. Ce type faisait sans scrupule ses courses chez Rimbaud. Bien sûr je n'ai rien dit à Roberta, et puis c'est si beau, Rimbaud !

– Mais enfin, quand est-ce que vous allez vous rencontrer ? Vous avez tout pour filer ensemble ! Tout colle ! Ce type a l'air merveilleux et tu es merveilleuse !

J'ai craché ça avec l'enthousiasme d'un ami qui voudrait que sa nouvelle meilleure amie soit enfin heureuse. J'ai dit ça sans réfléchir.

Avant d'éteindre l'ordinateur Roberta a changé de visage. Ses yeux rieurs, joueurs, enfants juste avant ça sont partis se réfugier honteusement sous les coutures impitoyables de ses quatre-vingt-deux ans.

– Kevin, mon chéri s'appelle Kevin !

J'ai attendu un peu avant de la rejoindre dans la chambre. Roberta sanglotait silencieusement, la tête étouffée dans l'oreiller de plumes. Alors c'est moi qui me suis assis sur le bord du lit et c'est moi qui lui ai pris la main. J'ai griffé doucement avec mes doigts le blanc-jaune de sa crinière fatiguée. Roberta reniflait. Roberta n'avait plus quatre-vingt-deux ans. Elle n'avait pas vingt-huit ans. Roberta avait quatre ans. Sur le blanc de l'oreiller jurait une trace du crayon noir que Roberta utilisait pour dessiner ses sourcils disparus. Cette fois, la tête inclinée sur ce tronc triste, c'est moi qui ai pleuré.

*

J'avais vraiment le coup maintenant, je tenais le truc. Je tirais sur la corde et je faisais danser le pompon au-dessus de la meute, en rythme avec la musique. Foutue musique ! Toujours la même, la Compagnie créole. Les enfants exultaient. Des cris, des rires, de la vie. Dès qu'une petite main pure s'approchait dangereusement, je ferrais d'un coup sec et retirais l'appât de la gueule du poisson affamé. À force de déchirer mes joues, mon sourire me faisait presque mal. J'arrivais à déposer mon scalp de laine exactement là où je le désirais, à présent. Hop ! Mieux que Tonio ! Sûr ! Sous le coude d'une toute petite blondinette bien trop jeune et bien trop timide pour bondir de sa petite voiture afin de décrocher le Graal. Hop, je tirais d'un coup parfait et la môme n'avait même pas à se rendre compte qu'elle avait empoché la mise sous les yeux fusillants des autres enfants déçus… Alors une des mamans autour souriait d'un coup plus que les autres. Parfois même elle applaudissait.

Roberta est venue me retrouver à la fin du jour.

– J'ai fait une bêtise.

Elle est venue s'asseoir tout près de moi. Ses fesses maintenant partageaient mon siège. C'était le dernier tour du jour et j'ai laissé un grand dadais arracher le pompon sans aucun suspense.

– J'ai fait une bêtise.

C'est comme les mouches quand les lumières s'éteignent, les gens vont vers d'autres lumières. Roberta ne me regardait pas. Elle fixait la piste vide. Ses yeux ne se détachaient pas du cheval de bois devant nous, le plus abîmé, le plus triste, le moins monté. J'ai réalisé que ce cheval laid ne faisait plus rêver les mômes. Ce cheval était moche. J'ai pensé à Olivier à la petite école. Olivier c'était le bizarre, le laid et quand il ouvrait la bouche c'était pour dire des bouts de phrases sans queue ni tête. En plus sa bouche se tordait et, comble du dégueulasse, il y avait des traces blanches de je ne sais quoi qui jaillissaient des commissures de ses lèvres. Est-ce qu'un cheval qui doit partir à l'abattoir se rappelle le dernier cavalier qui a grimpé sur son dos ? Le manège était désert. Et puis la placette tout autour, vidée. Je connaissais les larmes de Roberta mais j'ai eu l'impression que celles qui glissaient maintenant sur ses joues étaient nouvelles. D'une autre transparence. Alors Roberta a souri, un grand sourire frais, un sourire jeune. Un sourire avec des larmes, c'est les derniers battements d'ailes d'un papillon qui va mourir, comme pour dire merci, merci à la courte vie.

– J'ai fait une grosse bêtise.

Roberta riait maintenant, un petit rire étouffé et puis un rire immense, bruyant, nourri, celui d'une cantatrice ivre.

– J'ai donné mon adresse à Kevin !

Alors le rideau de ses yeux s'est fermé d'un coup. Quand il s'est ouvert à nouveau j'ai reconnu le voile sombre et terrifiant qui couvre le regard des gens qui vont mourir.

– Il va venir.

– Quand ?

– Je ne sais pas. N'importe quand. Quand il le désirera. J'ai dit oui. Oui à tout. J'ai dit n'importe quoi. J'ai donné l'adresse de la maison. J'ai même parlé des volets et de la porte bleus. J'ai peur. Il est peut-être déjà chez nous.

Roberta s'est blottie contre moi comme si elle plongeait dans un branchage sec. Elle a pleuré longtemps. Je reconnaissais maintenant ces larmes, je les avais tenues si souvent dans mes mains, toutes ces nuits. Alors Roberta a sucé son pouce et nous sommes restés longtemps comme ça, sans bouger. Un tas triste. J'ai attrapé mon bout de laine, mon ami le pompon, et comme avec une plume j'ai caressé sa joue. Roberta s'est endormie comme l'aurait fait ma petite fille. J'aurais adoré qu'elle s'endorme comme ça dans mes bras, me sentir coincé sous elle, piégé par son odeur unique. Ce moment merveilleux où tout s'arrête, où tout s'oublie. Oublier. Tout oublier.

Nous ne sommes pas rentrés cette nuit-là. J'ai bordé Roberta avec ma veste sur notre banc derrière le manège. « Et je t'emmènerai dans la nuit et nous regarderons la lune et les étoiles. » J'ai calé doucement sa tête sur mes cuisses et me suis penché pour écraser une dernière fois mes lèvres sur les siennes.

– Tu as fait une grosse bêtise.

Alors à mon tour j'ai fermé les yeux.

Nous ne sommes pas rentrés à la maison les jours qui ont suivi. Roberta est restée avec moi au milieu des cris des enfants heureux et des rires des mamans autour. Nous dormions à la lune comme deux chats errants sans famille, réveillés par le bruit des poubelles renversées du petit matin et le chuchotement des éboueurs moqueurs. J'ai promis à Roberta que je ne la laisserais jamais tomber mais qu'il fallait peut-être rentrer maintenant et affronter la vie. Des mots qui ne me ressemblaient tellement pas ! Roberta ne voulait pas perdre Kevin. Elle était allée un petit peu trop loin. Elle ne pouvait plus mentir. Bon Dieu ! Que son amoureux reste enfermé dans l'ordinateur mais qu'il reste près d'elle !

J'ai tenu fort sa main, je ne l'ai lâchée que pour la laisser chercher la clé dans son sac. J'ai regardé, inquiet, à droite, à gauche, nous étions deux voleurs tentant de pénétrer dans une maison silencieuse. La nôtre.

Il s'est approché. J'ai d'abord entendu le claquement de portière d'une voiture et puis des pas juste là, derrière nous. Et puis des pas jusqu'à nous.

– Pardonnez-moi, je cherche une fille qui habiterait ici. Elle s'appelle Cynthia.

Ce n'était pas la beauté de son visage. C'était le ton gentil. La gentillesse. Ses traits fins. Un doux visage. La musique de ses mots. Un regard timide. Un homme qui ne ferait jamais de mal à un autre, sûr. Il tenait un bouquet de roses rouges étonnamment vivantes. Mais pas de ces bouquets tout faits que l'on achète à la va-vite, sans même trop les regarder, pour se faire pardonner du retard à un rendez-vous galant. Non, c'étaient des fleurs choisies, comme délicatement cueillies une à une dans un jardin anglais, comme si chacune d'elles détenait un message, un poème d'amour pour une amoureuse. Ce bouquet m'a bouleversé. Ce moment m'a bouleversé. Roberta ne s'est pas retournée. On ne peut demander à un enfant qui a le vertige de regarder le vide. J'ai poliment souri au gentil garçon plutôt jeune. Il n'avait pas menti : la trentaine. Et j'ai respiré des yeux le fier bouquet, encore. Alors Kevin – je ne l'appellerai plus Brad, il n'avait en fait rien de Brad Pitt – a souri à son tour en levant ses fleurs comme pour éclairer nos visages gênés.

– J'ai rendez-vous avec mon amoureuse.

Il regardait ses souliers vernis.

– Cynthia, vous la connaissez ?

Sans se retourner, le front toujours collé contre la porte, c'est Roberta qui a répondu d'un ton trop sec, presque cassant :

– Il n'y a jamais eu de Cynthia ici. Partez, monsieur !

J'ai été surpris par la dureté des mots. La froideur du verbe. Je ne reconnaissais pas cette voix qui brisait en éclats ce moment suspendu et même tous les autres. Le garçon a été surpris lui aussi. Son sourire semblait inquiet maintenant. Je crois que le mien n'avait pas bougé. J'aime sourire aux gentils comme pour dire : « C'est si dur la vie, profitons des instants de douceur avant de repartir à la guerre. » Ce gars était bon, c'était sûr.

– Mais pourtant elle m'a…

– Il n'y a jamais eu de Cynthia à cette adresse. Partez !

Des mots si durs… J'aurais voulu prendre le battu dans mes bras. Il a baissé les yeux et en quelques secondes j'ai vu le château de la princesse Cynthia, le château de l'amour érigé pierre à pierre depuis tout ce temps au travers d'un ordinateur, celui qui devait enfin accueillir le prince Kevin, s'écrouler sous mes yeux. Il a reculé d'un pas.

– Pardonnez-moi alors…

Je n'ai pu que regarder, impuissant, le prince ramper vers son carrosse, la tête coulée. Au bout de son bras, les roses étourdies qui frôlaient le sol n'avaient déjà plus la même couleur. Alors Cynthia a murmuré le mot « adieu ». Alors Kevin s'est retourné une dernière fois.

« Le néant s'écoute. Le néant s'entend comme une note qui descend dans les graves jusqu'au noir du profond. »

Roberta a poussé la porte bleue et sans jamais plus regarder derrière elle l'a refermée sur nous.

*

Je suis resté là une vie ou quelques heures à attendre. Attendre quoi ? Roberta n'est pas sortie de chez elle, les volets bleus sont restés clos. Un jour et puis deux jours. Un petit garçon est venu s'asseoir tout au bout de mon banc. Il m'a regardé, étonné et puis amusé. Il m'a tendu le bout de son sandwich, il venait tout juste de croquer dedans, un beau jambon-beurre que venait sûrement de lui préparer une maman aimante.

– Pourquoi es-tu triste ? Tu as décidé d'habiter ici ? Sur ce banc ? Je suis sûr que tu as faim. Allez, vas-y. C'est pour toi. T'inquiète, j'ai déjà avalé un gros éclair au chocolat. Maman prévoit toujours beaucoup trop pour mon déjeuner.

J'ai attrapé la magnifique offrande avec tous ses cornichons et sans rien dire j'ai tout englouti. Le petit garçon rigolait.

– Ah ça fait plaisir !

Aucun mot ne pouvait sortir de ma bouche. Alors j'ai souri à mon tour mais sans m'arrêter de renifler. Un môme de sept, huit ans tout au plus me tendait la main. Encore quelqu'un qui voulait m'aider. Un autre ange ? J'en avais déjà usé quelques-uns jusque-là. J'ai vu un cœur, là-devant, grand ouvert comme les portes d'une église un jour de mariage.

– Tu n'es pas à l'école ?

– J'y suis allé ce matin, mais ça ne m'intéresse pas. Je n'ai pas d'amis à l'école et je m'ennuie. Quand mon père était vivant il m'emmenait à la pêche. Ça c'était bien, la pêche. Il me disait toujours que c'était ça la vraie école de la vie. Mon père m'a même appris à remercier la nature autour de nous et à respirer les fleurs. Mais fallait surtout pas les couper. Il me disait toujours : « Si tu laisses leur chance aux fleurs, la vie te le rendra. » Et puis il est mort. Alors avec maman on a quitté la campagne et on est venus habiter ici. À Paris. Je n'aime pas Paris et je n'aime pas l'école. Tu as déjà pêché, toi ?

– Ta maman sait que tu rates l'école ?

– Oui, elle s'en doute, mais depuis que papa est parti, elle ne me gronde plus souvent. Elle est belle ma maman mais elle est trop sensible. Dès qu'elle élève la voix pour me reprocher quelque chose, elle se met à pleurer et direct elle va s'enfermer dans sa chambre. Je crois qu'elle ne supporte pas de me voir triste.

– Il faisait quoi ton papa ?

– Il était chef de gare chez nous, à Colombiers. Et puis ils ont fermé la gare. Ils ont dit que c'était plus la peine que les trains s'arrêtent ici, dans notre petit village. Alors le dernier jour, le dernier jour où le train devait passer, on a pris le petit déjeuner ensemble, papa et moi, rien que tous les deux. Maman était déjà partie, elle faisait des ménages, maman. Il a mis son uniforme de chef de gare et sa belle casquette. J'adorais lui voler sa casquette. Il me courait après autour de la table de la cuisine. Il me disait toujours : « Rends-la-moi ! Rends-moi ça ! C'est moi le chef ! » Et il riait. Et je riais. Je crois que mon papa était le plus gentil des papas. J'ai eu de la chance. Quand je vois les autres papas, ceux des enfants de ma classe qui attendent à la sortie de l'école, je me dis que j'aurais pas voulu avoir un autre papa. Avant de partir il m'a offert sa canne à pêche, t'imagines ? Moi je savais qu'il y tenait plus qu'à tout, à sa canne à pêche. Il m'a dit : « Dimanche je t'emmènerai dans un coin où tu n'es jamais allé. Tu vas voir, on dit que dans ce gouffre il y a une truite arc-en-ciel grande comme ça. »

Avec ses mains le môme a mesuré un poisson gigantesque.

– Tous les pêcheurs se sont cassé les dents sur ce poisson, personne n'a encore réussi à le sortir de l'eau. Mais je vais te dire quelque chose, j'ai fait un rêve cette nuit et c'est toi qui attrapais le gros poisson avec ta canne à pêche. Maintenant c'est *ta* canne à pêche ! Mais attention, toi tu n'es pas comme les autres. Alors quand tu auras sorti le poisson de l'eau, je t'aiderai à décrocher doucement l'hameçon et on le relâchera. Si tu laisses sa chance au poisson, la vie te le rendra. Tu imagines comme ils vont être contents, les enfants du poisson, de retrouver leur papa et de nager libres, encore, pour toujours ensemble ? » Et puis il m'a serré fort dans ses bras et il a pleuré, comme tu pleures, là. Il m'a dit qu'il aimait fort ma maman et que je serais toujours son petit prince pour toute la vie. Et moi je lui ai dit : « Je t'aime, papa. »

La dernière fois que je lui ai dit : « Je t'aime. » Le dernier jour de son travail. La dernière fois que le train devait s'arrêter à Colombiers. Papa s'est jeté sous le train. Et voilà. Et maintenant nous habitons ici. En haut de cet immeuble. Regarde, tu vois le drap blanc qui pend à la fenêtre ? C'est chez moi, c'est chez nous. Avant on avait une petite maison et même un jardin et une grande forêt derrière. Papa m'a même appris à reconnaître les chants des oiseaux. Maintenant on a mille voisins qu'on entend s'engueuler le soir. Alors j'ai un peu de mal, tu vois ? Et j'essaie de rester le moins possible à la maison. Ça fait deux jours que je t'observe et tu n'as pas bougé de ce banc. Eh bien je vais te dire quelque chose, ce banc il est à moi. C'est le mien. Je ne mens pas, regarde !

J'ai penché ma tête comme lui, sous le banc. Sous une des lattes étaient écrits ces mots à la craie : « Ce banc est à moi. »

– Je viens là tous les jours quand je rate l'école et même la nuit parfois quand maman dort. Je me glisse dehors. C'est là que je raconte toutes mes histoires à papa. J'ai gardé sa canne à pêche, elle est bien rangée sous mon lit. J'ai promis à papa qu'un jour j'irais sortir le gros poisson. Je le sais, j'irai et je le ferai. Je crois que tu me plais bien, tu as une bonne tête. En tout cas tu peux rester sur mon banc aussi longtemps que tu le voudras.

– Merci ! j'ai fait.

– Tu veux bien être mon ami ?

Ça m'a fait du bien de sourire.

– T'en as déjà fait, toi, des promesses ?

– Oh oui, beaucoup trop !

Le petit homme tout près de moi n'arrêtait pas de parler et moi je l'écoutais, bon Dieu c'était bon de l'écouter.

– Comment tu t'appelles ? Moi c'est Bruno.

– C'est drôle, mon papa s'appelait Bruno lui aussi. Enfin, il s'appelait Gérard mais ça plaisait pas à maman. Alors elle l'appelait Bruno et papa était OK avec ça. Il n'avait jamais aimé son prénom de toute manière.

On a rigolé.

– Avant j'avais un groupe de musique et on était quatre et sur les quatre il y avait trois Bruno. Je me suis toujours dit que les gens qui ne savaient pas comment appeler leur fils l'appelaient Bruno.

Le môme a rigolé encore.

– Moi, c'est Tom, mais j'aime pas. Tom, c'est « tombe », c'est « tomber ». C'est papa qui a insisté pour m'appeler comme ça. Je crois que maman voulait m'appeler Antoine. De toute façon je n'aime pas ce prénom non plus.

Bon Dieu, ce môme me tuait. La dernière fois qu'une conversation m'avait fait autant de bien, c'était sur mon île chez Hibou.

– Appelle-moi Prince, je préfère. Je me suis dit que si j'avais un vrai ami ce serait le seul qui pourrait m'appeler Prince. Tu veux être mon ami ?

– Prince, comme le chanteur ?

– Ah bon ? Quelqu'un s'appelle déjà Prince ?

– T'inquiète, c'était un bon gars, un génie même. Il n'était pas plus haut que toi mais c'était un dieu de la musique, un comme on n'en fait plus. Il jouait pas de la guitare, il était la guitare !

– C'était une guitare ou un chanteur ?

J'ai éclaté de rire.

– Non, Prince, c'est pour mon papa. Moi, j'étais son petit prince, mais j'ai décidé de ne pas rester petit.

– OK, je t'appelle Prince, mais alors tu m'appelles Bruce. Tu peux même prononcer Brousse ! C'est un chanteur lui aussi et on l'appelle le Boss. Tu sais pourquoi ? Parce que c'est le chef. Pas le chef d'une gare. Le chef du rock'n'roll. Le chef de la musique !

– Bruce ! J'adore ! Alors si tu veux ce sera notre banc à tous les deux, je suis Prince et toi Bruce et on est les meilleurs !

On s'est tapé dans la main.

– Pour sûr, on est les meilleurs !

J'ai sorti l'enveloppe de ma poche et j'ai tendu un billet au petit.

– Va nous chercher deux glaces et nous partagerons un secret que je n'ai jamais confié à personne. Maintenant que j'ai un super-ami…

Mon Prince est revenu avec deux superbes glaces au chocolat. Mon Dieu c'était bon. Je n'avais pas eu ce goût sur les lèvres depuis mille ans. On suçait nos glaces et le môme m'observait avec un sourire coquin. Il me scrutait de la tête aux pieds et je l'amusais.

– Tu sors d'où, toi ?

J'ai baissé les yeux. Un pigeon et puis deux et puis trois sont venus réclamer à nos pieds leur dû. Quelques bouts de biscuit du cône de ma glace.

– Je sors d'où, moi ? Je débarque de rien et de nulle part. J'arrive d'un long voyage passé sur l'océan de la tristesse. Mon père ne s'est pas jeté sous un train. Il avait seulement trop de chagrin à porter sur son dos fatigué. Ma mère ? Il y a si longtemps, ma mère. Est-ce que j'ai déjà eu une mère ? Je sors de mille vies.

Prince a éclaté de rire.

– Quand je vois tes yeux si fatigués, je me dis que tu en as vécu beaucoup plus encore.

Ce môme était étonnant et décidément drôle. Durant un moment, il m'a vraiment fait penser à Alec. À son âge, Alec était le chef de notre bande et avait toujours la juste répartie. La répartie du chef. Celle qu'il fallait quand il fallait. Quand toutes les portes étaient fermées, il se débrouillait toujours pour qu'on sorte de là. Alec, c'était le voleur de vie, et moi j'adorais le suivre et partager le butin avec lui. Prince m'a regardé droit dans les yeux. Il ne souriait plus.

– Je te dis un secret, tu me donnes ton secret.

Il a enchaîné direct :

– Ma maman est une pute.

J'ai attrapé son poignet et ce qui restait de sa glace

au chocolat a atterri par terre pour le plus grand plaisir des pigeons.

– Tu ne dis jamais ça de ta maman, Tom ! On ne parle pas comme ça de sa maman. Et puis tu as quel âge ? On ne parle pas comme ça du tout !

– Si tu m'appelles encore Tom, tu n'es plus mon ami ! Et puis regarde ce que tu as fait avec ma glace !

– OK, Prince ou ce que tu veux, pourquoi tu dis des horreurs comme ça sur ta maman ?

– Ce ne sont pas des horreurs. T'appelles ça comment ? Quand elle croit que je suis parti à l'école, je me pose ici, tu vois, sur notre banc, et je les vois monter, tous ces hommes. Plein d'hommes, plusieurs fois par jour. Et puis même que je les suis et que je vais écouter à la porte.

J'ai lâché son bras ; mes yeux étaient mouillés à nouveau.

– Ben dis donc, tu ne fais que pleurer, toi.

– Tom, petit Tom…

– Si tu m'appelles encore Tom, tu t'en vas, tu quittes mon banc pour toujours.

– Il faut que tu l'aimes, ta maman. Moi j'ai perdu la mienne. J'avais six ans. Il n'y a rien qui remplace une maman, Prince. Elle ne te laissera jamais tomber, ta maman. Elle t'aimera toute sa vie et même après.

– Mais je l'aime, ma maman ! OK, c'est pas grave. OK, à ton tour, c'est quoi ton secret ?

J'étais bouleversé.

Je n'avais jamais raconté cette histoire à personne avant tout ça. Avant de…

Il y avait si longtemps. Je tentais de me souvenir d'une histoire qui n'était pas la mienne. C'était la mienne. J'aurais pu inventer n'importe quoi, raconter n'importe quoi à ce gosse. Je savais le faire. À une époque, il n'y avait pas plus grand menteur que moi. Pourquoi lui ? Pourquoi maintenant ? Il fallait que je raconte l'histoire, la vraie.

J'ai pris une grande inspiration.

– Tu sais, Prince, c'est important un ami, un meilleur ami. Plus qu'un frère… Je l'ai quitté, j'ai tout quitté. On s'est serrés fort pour la dernière fois. Il savait. Il n'y avait que lui qui savait. Le secret. Mon ami s'appelait Alec.

– Il t'appelait Bruce, déjà ?

– Non, j'étais Bruno. Son Bruno. On avait seize ans et on se connaissait depuis la toute petite école. Tu te rends compte, Alec avait volé de l'argent à son père pour moi. Pour que je puisse m'enfuir et cavaler vers l'inconnu. Il savait. C'était une question de vie ou de mort. Je ne pouvais plus rester chez moi. Je ne pouvais plus retourner à l'école, comme toi. Je ne pouvais plus respirer, juste respirer. Tu comprends ? Alec avait fait tout ça pour moi. Et surtout, j'étais fou amoureux d'une fille au lycée et je m'étais persuadé qu'elle ne pourrait jamais être amoureuse de moi. Tu comprends ? J'avais le cœur en miettes et je ne pouvais plus porter tout ça. Aimer c'est mourir. C'était trop lourd, tu comprends ?

Je me suis enfui dans la nuit. Je me souviens, j'ai tendu le bras et un vieux monsieur m'a cueilli au bord de la route. Au bord de la nuit. Il m'a conduit jusqu'à l'aéroport de Perpignan. J'ai pris un avion et voilà.

– C'est où Perpignan ?

– Tout en bas. Perpignan, c'est tout en bas, tout près de l'Espagne.

J'ai dessiné une France grossière avec le doigt sur le sol de terre battue.

– Ah ! C'est là l'Espagne… Mon père disait toujours à maman qu'un jour il l'emmènerait en Espagne. Il n'a jamais pu le faire.

– Et puis à Paris, j'ai repris un autre avion. Pour l'Angleterre. Londres.

– C'est loin l'Angleterre ?

– C'est loin. Oui, c'est loin. C'est une île encore derrière une mer. Il fallait que je parte loin, tu comprends ?

– Et pourquoi l'Angleterre ?

– Pour aller rejoindre une fille.

– Mais tu n'étais pas déjà en train de t'enfuir d'une fille ?

– Oui mais c'était une autre. Louise. Une Anglaise. J'étais sorti avec elle, avant. Louise était venue en vacances dans mon village et j'étais tombé fou d'elle. Et elle était tombée amoureuse de moi, je crois. Mais après elle avait dû rentrer chez elle. Les vacances étaient terminées, tu comprends ?

– En fait, tu tombais amoureux de toutes les filles… Il mesure combien ton cœur ?

– À seize ans, il y a des filles partout. À seize ans, ton cœur est immense et il n'a pas encore été croqué. Mais je n'étais pas amoureux de toutes les filles. Je n'avais pas peur, même si c'est définitivement plus dangereux de partir à l'amour qu'à la guerre. J'aurais pu mourir pour Fabienne mais je ne voulais pas mourir. Alors je suis parti vers Louise. Ça a l'air compliqué mais tu verras, à seize ans, tout ce qui est simple paraît compliqué. Et puis Alec était sorti avec Fabienne. Grâce à moi en plus. Alors tout ça, c'était trop, trop, trop. Ça te fait sourire ?

– Je ne comprends pas tout mais ça me plaît. Mon papa s'appelait Bruno comme toi et ma maman s'appelle Fabienne, comme la tienne.

– C'est drôle… Tu veux la suite de mon histoire ? Ils m'ont gardé toute une nuit à l'aéroport de Paris, à Roissy. Je me souviens que la police m'a posé un tas de questions. Parce que je n'étais pas majeur, tu comprends ? Ils voulaient savoir d'où je venais et où j'allais, tout ça. Mais moi j'avais le papier ! Et le papier m'a sauvé. Bien sûr, je n'avais que seize ans mais ce papier certifiait que j'étais majeur. Mon papa m'avait émancipé. Ça veut dire que j'avais dix-huit ans à seize ans. J'étais majeur avant l'âge. Je ne sais pas trop pourquoi papa avait décidé ça. Je crois qu'il devait me faire signer des documents importants et que je devais être majeur pour ça. Alors j'avais ce papier, un vrai laissez-passer. Je me souviens, je n'en menais pas large. Il était tout froissé mon papier. En tout cas les policiers n'ont pas trouvé l'argent d'Alec que j'avais caché dans mes chaussettes. Alors, au petit matin, ils m'ont laissé partir et j'ai pu prendre l'avion pour Londres.

– Mais tu connaissais quelqu'un à Londres, quelqu'un t'attendait ?

– Personne. L'aventure m'attendait. Je ne savais même pas où j'allais.

J'avais l'impression que les pigeons, là-devant, par terre, écoutaient mon histoire comme un public déjà conquis.

– Tu sais, tout n'est pas trop précis dans ma tête. Je suis vieux. Il y a si longtemps. Je me souviens d'une chose, je n'avais peur de rien. Je n'avais plus peur de rien. Des extraterrestres seraient venus sur terre pour faire de moi ce qu'ils auraient voulu : rien à foutre ! Tout était beau. Tout était nouveau. Je découvrais un pays et j'avais plein d'argent dans mes chaussettes. Je m'étais mis en tête de retrouver Louise et de lui offrir les mots les plus hauts. Elle ne parlait pas français et mon anglais était plus que très limité, mais pas grave. Tu comprends ? Quand on crache l'amour, pas besoin de tout ça… Si, j'avais un indice quand même, un bout d'adresse que je n'avais jamais perdu, tout au fond de ma poche. Ce mot qu'elle avait griffonné avant de me quitter : « Louise, Dunstable, England. » La première nuit, j'ai dormi dans une cabine téléphonique tout près de l'aéroport. Je me suis recroquevillé. J'étais tout mouillé comme c'est pas possible. J'ai dormi plusieurs fois sur des bancs mais je peux te dire que dans une cabine téléphonique, c'est autre chose. Je serrais fort dans mes bras mon sac de sport rouge. Je me souviens, je n'avais pas grand-chose là-dedans. Des chaussettes, des caleçons, un jean de rechange et un pull. Ça, je m'en souviens bien. Là, j'avais été bien inspiré. Londres c'est autre chose, ce n'est pas le soleil de Perpignan. L'Angleterre, « où le jour habite dans une mine de jour comme de nuit ». J'ai recompté les billets, c'était dingue. Alec était dingue. J'imaginais déjà son père, il n'était pas commode son père. Alec avait fait ça pour moi. Je n'avais jamais caressé autant d'argent. J'aurais pu tenir mille vies avec ça. Au petit matin, c'est un vieux monsieur qui m'a fait sursauter en tapant à la vitre de la cabine. Il était beau ce petit vieux. Il avait l'air gentil et moi, les gentils, je pourrais me jeter dans leur gueule sans les connaître. Je me souviens de sa casquette grise et de sa barbe blanche. Et puis de son chien aussi. Un gros chien aux longs poils blancs. L'homme a tout de suite compris que je n'étais pas d'ici. J'ai souri, il m'a souri. Je suis sorti et son chien est venu directement me lécher les mains. Le soleil était revenu comme pour nous prévenir de la prochaine pluie. On n'a pas dit grand-chose. Je lui ai juste indiqué l'adresse sur mon vieux papier : « Louise, Dunstable, England. » Le vieux monsieur a sorti une carte de la boîte à gants de sa camionnette et l'a dépliée sur le capot. On n'était pas très loin en fait, quand il a pointé du doigt la ville de Louise, c'était à quoi, cinquante kilomètres de Londres, dans le comté du Bedfordshire. J'ai adoré ce nom écrit en bleu, Bedfordshire. Je l'ai tout de suite adopté, ça m'a tout de suite plu. J'étais nulle part, avec un inconnu, et j'aimais déjà ce pays et la manière dont ce vieil homme prononçait ce nom : Bedfordshire. Il m'a proposé de me laisser un peu plus haut. Nous étions plein sud. Il m'a fait comprendre que je n'étais pas obligé de traverser Londres et que ce n'était pas plus mal. Il pouvait me déposer à Colchester. Waouh ! Colchester ! Manchester, Liverpool ! Tous ces noms qui me faisaient rêver. Tous ces groupes de musique qui devaient répéter à cette heure et jouer dans ces endroits mythiques. Moi je serais bien passé par Londres quand même. Je serais bien allé saluer Joe. On aurait pu boire une pinte dans un pub de Camden.

– C'est un ami à toi, Joe ?

J'ai rigolé.

– C'était un ami, il est mort.

Le môme a pris un air désolé.

– T'inquiète, je ne l'ai même jamais rencontré. Joe Strummer. Mais j'ai gardé son poster au-dessus de mon lit durant toutes ces années. Alors c'était plus qu'un ami. Il m'a bien aidé, Joe, dans les moments difficiles. Il m'a sauvé même ! Je me perdais dans ses yeux et ça allait déjà mieux. C'était le chanteur d'un groupe. The Clash. Toute ma vie. Ce type était, comment dire, un héros, comme un dieu pour moi. Quand la vie se casse la gueule tout autour comme aujourd'hui, je pense à Joe. Je me demande toujours comment il aurait envisagé les choses, ce qu'il aurait pensé de toute cette merde. Il en aurait sûrement fait des chansons, et des belles. Un ange, Joe.

– Moi je n'ai que la photo de mon père au-dessus de mon lit. Lui aussi me protège.

– Ça te manque, à toi aussi, des bras solides et une barbe râpeuse ?

J'ai serré Prince dans mes bras. Il s'est laissé faire. Pas longtemps. Avant de me repousser, un peu gêné, il m'a demandé s'il pouvait aller chercher une autre glace. C'était dingue d'essayer de me souvenir de toutes ces choses. Ces moments que j'avais tenté d'oublier pendant la moitié d'une vie. Je pédalais en arrière sur un vieux tricycle rouillé.

– Alors il t'a dit quoi le vieux monsieur ?

– Pas grand-chose. On a roulé durant une heure, peut-être deux. Son chien était enroulé à mes pieds. C'est drôle, je me souviens qu'il n'a pas arrêté de me lécher les mains. Je m'en souviens comme si c'était tout à l'heure. J'ai presque encore son odeur sur mes doigts.

J'ai reniflé mes mains.

Prince rigolait. Je racontais cette histoire. Une histoire. Mon histoire. Un môme m'écoutait. Sans faille.

Les pigeons sont venus à nouveau réclamer leur part de glace.

– Je ne sais plus trop, à un moment, le vieux monsieur a arrêté sa camionnette à un croisement et m'a indiqué la direction. Le gros chien blanc a encore joué avec moi. On s'est salués puis ils sont partis. Tu vois, j'aime me raconter que c'est ça la vie. Tu croises un ange, il te prend la main, il te dépose un peu plus loin et tu n'as plus qu'à attendre qu'un autre ange te tende la main.

Prince a regardé le ciel.

– J'aimerais pouvoir croire à la même chose que toi. Et aujourd'hui, c'est qui l'ange, c'est toi ou c'est moi ?

– On n'a qu'à dire que parfois, deux anges se croisent au coin de la vie et que ça fait sacrément du bien et beaucoup d'étincelles !

Le môme a souri encore et croqué en plein dans le cône de sa glace. Il a partagé quelques miettes avec les pigeons toujours à l'affût autour du banc.

– Et alors, tu l'as attendu longtemps, l'autre ange ?

– Je ne me souviens plus, mais il est passé et m'a conduit jusqu'à la ville de ma chérie. Dunstable.

– Pourquoi tu ne fais pas comme moi ? Quand tu ne te souviens plus, tu inventes. C'est souvent plus beau que la vraie vie quand tu tricotes des histoires. Quand je m'ennuie à l'école, je jette mes yeux par la fenêtre et j'imagine des histoires. Il y a toujours mon papa qui traîne là-dedans. Elles finissent toujours bien mes histoires. Ça change la vie de lui donner la direction que tu veux... Tiens, tu vois, regarde...

Prince a tendu le doigt. Un monsieur, la soixantaine, a zieuté furtivement à gauche, à droite, puis s'est engouffré dans l'immeuble.

– Tu vois cet homme en costume gris, là-bas, il va rejoindre ma maman.

– Comment tu es sûr de ça ? Il y a plein d'appartements dans l'immeuble. Comment tu peux être sûr qu'il va aller chez toi, précisément ?

– Viens, on le suit, tu vas voir.

– Non s'il te plaît, non...

– On est jeudi, cet homme passe tous les jeudis. Il est habillé toujours pareil. Toujours à la même heure. Tu paries combien qu'il ressort dans vingt minutes ?

J'ai baissé la tête.

– J'adorerais moi aussi aller visiter ton pays. Alors t'as fait quoi quand tu es arrivé dans la ville de ta chérie ?

Je me suis redressé et je me suis agrippé aux miettes de souvenirs qui me restaient. Alors j'ai brodé, bien sûr j'ai brodé. C'était le môme qui l'avait dit : c'est souvent mieux d'inventer sa vie.

– Il était tard et j'ai choisi une cabine téléphonique pour la nuit. Pas trop en centre-ville. Fallait pas me faire remarquer par la police, tu comprends ? Je me souviens, j'avais élaboré tout un plan dans ma tête. Louise ne savait pas que je débarquais chez elle, t'imagines ? La surprise ça peut être dingo et magnifique mais ça peut être casse-gueule aussi. Un flop vertigineux. FLOP ! Louise pouvait simplement m'ignorer, faire semblant de ne pas m'apercevoir. Elle pouvait s'énerver aussi, bien sûr. Sa peau si blanche, le regard froid sous ses mèches blondes, les yeux tueurs. Imagine… « Qu'est-ce que tu fais là ? Nous deux c'était une amourette d'été, après tout. Rentre chez toi, ne reviens plus ! »

– Elle pouvait t'embrasser aussi et te dire qu'elle était si heureuse de te retrouver.

Les bras des enfants sont si souvent chargés d'espérance. Le petit Prince semblait vouloir que ça finisse comme ça : bien. Il était complètement absorbé par mon récit.

– Attends, tu vas voir… Dunstable est une petite ville. J'ai été réveillé très tôt par la pluie qui battait les vitres. Satanée pluie. J'ai englouti quelques biscuits qui restaient au fond de mon sac et j'ai eu le temps de mijoter un plan. Un plan simple. J'irais jusqu'au lycée, je l'attendrais et lui offrirais le premier cadeau qu'offrent tous les amoureux transis du monde entier : un sourire idiot jusqu'aux oreilles.

Je racontais et je souriais comme ça ne m'était plus arrivé depuis longtemps et, bon Dieu, ça faisait grand bien de sourire.

Prince a tourné la tête.

– Tiens, je ne te l'avais pas dit ?

Le costume gris est ressorti de l'immeuble, a regardé à droite puis à gauche et a regagné sa voiture.

– Le prochain, c'est dans une heure.

Prince parlait de tout cela avec une distance presque dérangeante.

– Comment tu as retrouvé le lycée de ta Louise ?

J'ai fait une pause, pris une longue inspiration-expiration comme si j'avalais la fumée d'une cigarette. À cet instant, j'aurais bien fumé une cigarette.

– Facile, la pluie avait cessé, il y avait deux lycées à Dunstable. Un de filles et un de garçons. Simple.

– Ah bon, c'est triste…

– Oui ça peut. La cour était vide, les élèves étaient toutes en classe et, tu sais quoi, j'ai suivi mon plan à la lettre. Je me suis assis sur un banc et j'ai attendu longtemps. Une vie. J'ai pensé à mille choses et tout m'est revenu. Alors, ce moment qui devait être dédié à la peur magnifique qui mord le ventre, ce moment dédié à l'amour, je l'ai colorié en tristesse. C'est mon truc ça, comme si le beau m'effrayait. J'ai ressassé tout ça, ma fugue, tout le mal que je faisais à mon papa. Son angoisse. Tu te rends compte ? À cette heure-là, tout le monde devait me chercher partout. Et mon pauvre papa, sûrement mort d'inquiétude…

– Une fois, mon papa m'a cherché partout, lui aussi. Je m'étais caché dans le coffre de sa voiture.

Prince prenait le ciel à témoin.

– J'y ai repensé le jour de l'enterrement.

Il a replongé ses grands yeux verts, ceux d'Alec, dans les miens.

– Alors, Louise ?

– La cloche a sonné la récréation et tout d'un coup j'ai vu plein de monde tout autour de moi. Des filles, que des filles. Toutes les mêmes.

– Les mêmes ? Plein de Louise ?

– En Angleterre, les écoliers portent l'uniforme. Une tenue qui représente l'établissement avec l'écusson et tout…

J'ai pointé mon cœur avec le bout du doigt.

– Il y avait des grappes de filles partout. Toutes en bleu. Veste bleue, chemise bleue, jupe bleue. Certaines passaient devant moi et jetaient des mots que je ne comprenais pas à leurs copines. J'étais l'attraction en quelque sorte, je n'en menais pas large. J'ai attrapé et collé mon sac rouge contre mon torse, je me suis recroquevillé sur le bord du banc, comme un chien timide ou stupide, en tout cas mouillé.

Je mimais la scène.

– Alors je l'ai aperçue.

Cette fois, c'est Prince qui s'est agrippé à ma main.

– Oui, je l'ai vue. Enfin. Magnifique. Louise ressemblait à ce visage dessiné sur un de mes 45 tours préférés : le visage de Debbie Harry. Elle est passée devant moi d'abord sans me voir. Et puis une fille a lancé une phrase, encore, en rigolant, encore.

– Et alors ?!

– Attends… Louise était encore plus bouleversante que lorsqu'on s'était quittés l'été d'avant. Elle en jetait vraiment avec son uniforme. Elle s'est figée. Les autres riaient, elle ne riait plus. Elle a penché la tête sur son épaule, comme ça, pour être sûre que c'était bien moi. J'étais tétanisé mais, je te l'ai dit, j'ai suivi mon plan à la lettre. Napoléon a perdu le jour où il a décidé de ne plus suivre ses plans.

– Un autre copain à toi, Napoléon ?

– Le plan, un sourire idiot jusqu'aux oreilles ! Comme pour dire : « Oui, mon amour. » Pour dire : « Tu ne rêves pas, c'est moi. Le petit crétin que tu as embrassé sur le banc de pierre de Vernet-les-Bains, un trou perdu dans le sud de nulle part de la France, il est là pour toi. Devant toi. » Tu vois, Prince, parfois la vie veut bien rigoler avec toi et quand ça rigole, ça rigole !

Alors Prince a rigolé.

– Louise s'est approchée, laissant derrière elle les oies qui gloussaient. C'était trop, je ne pouvais plus découdre mon sourire à m'en faire mal. Alors elle a souri elle aussi et a posé la main sur sa bouche, comme ça : *No ! Oh my God…* Tu vois, comme au théâtre ou comme au cinéma. Tout d'un coup, le silence tout autour. Noir total. Seul un projecteur d'une blancheur si pure, pour pousser les deux acteurs sur le devant de la scène, vers leur vertigineux destin.

Je mimais vaillamment mon histoire. Prince buvait mes mots et mes silences aussi.

– Et alors ?

– Alors, je me suis levé, j'ai lâché mon sac rouge à mes pieds, les bras le long du corps, comme ça.

À côté de nous, une petite vieille qui devait écouter mon histoire depuis un moment s'est carrément approchée. Et les pigeons aussi. J'ai lancé un clin d'œil à la dame. Avec sa canne, elle m'a fait signe comme avec une épée creusant l'air. Signe de ne pas m'arrêter en si bon chemin.

– Louise a tendu ses bras puis elle est venue se blottir contre moi. Alors je l'ai serrée, fort. Je n'ai pas tout compris mais à la douceur de sa voix… c'était bien ça. Les quelques mots qui ont réussi à s'évader de sa bouche, et son regard, c'étaient les yeux de l'amour. Elle a plongé dans les miens et a écrasé tendrement ses lèvres contre les miennes. Comme l'autre prince sur les lèvres de Blanche-Neige. J'étais Blanche-Neige. Et voilà.

Un long silence. La vieille dame s'est assise sur le banc à côté de nous et nous a offert un visage heureux. Elle venait d'écouter l'histoire de l'amour.

Prince s'est redressé et il a saisi la canne de la dame et de la pointe a dessiné un gros cœur sur la terre battue.

– C'est beau ! Ça vous est arrivé vraiment, ça, c'était quand ?

Ça c'était la dame…

– Oh, madame, oui, madame, oui, il y a plus de trente ans.

– Et vous vous souvenez de tous ces détails ? C'est loin trente ans, même s'il y a trente ans j'étais déjà vieille.

– Est-ce que l'on peut oublier les premiers pas hésitants de son enfant ? Est-ce qu'on peut oublier les premiers mots qui trébuchent de sa bouche ?

– Je ne sais pas, elle a fait.

Elle a baissé la tête.

– Merci, monsieur.

Puis elle est partie.

– Tiens regarde, pile à l'heure ! a lancé Prince en m'indiquant du bout du menton un joggeur en sueur et short vert qui passait devant nous.

– C'est lui ?

– Oui lui, l'autre. C'est l'heure, il va voir maman.

Ça n'a pas manqué. Le gars a trottiné jusqu'à l'entrée de l'immeuble puis s'y est engouffré sans se retourner.

– T'es sûr ?

– Sûr. Il doit raconter à sa femme qu'il va faire son footing et hop, il va chez l'autre, enfin chez ma mère.

J'ai rabattu Prince vers mon histoire :

– J'ai attendu Louise sur mon banc jusqu'au soir. Après les cours elle m'a pris la main. On n'arrêtait pas de s'embrasser goulûment sur les chemins. Elle m'a conduit jusqu'à chez elle. Je n'en menais pas large mais ses parents se sont montrés invraisemblablement cool. Elle m'a présenté sans mentir, sans détour, sans tricher, comme son « fiancé » français – en français – qui avait tout quitté, tout brûlé derrière lui pour venir la rejoindre. Louise leur a avoué qu'elle m'aimait. Jamais je n'aurais osé dire une chose pareille à mon père. Elle a ajouté – enfin j'ai compris ça à peu près – qu'elle était certaine que j'allais lui apporter le bonheur. Je planais. Tu entends, Prince, je planais. Je les observais parler tous les deux, le papa et mon amoureuse, pendant que sa maman préparait le thé dans la cuisine. Un film. Je ne comprenais pas tout mais sans doute j'étais le héros de cette histoire qui se déroulait devant moi. J'ai saisi qu'ils parlaient d'école. Ils semblaient mettre un plan au point. Au bout d'un moment, le papa s'est approché de moi. Il m'a observé, de haut en bas, un vagabond échoué dans un pays étranger, avec quelques affaires de rechange dans un vieux sac de sport. Il a posé sa main sur mon épaule. « Tu aimes ma fille et elle t'aime, alors c'est OK. Tu travailleras à l'usine avec moi. » J'ai regardé le grand poster au-dessus du canapé. Kevin Keegan, le diable rouge. On était fan de Liverpool ici, et ça, ça me convenait parfaitement. J'ai dormi sur le canapé, ce soir-là, sous un des plus grands joueurs de tous les temps. Longtemps que je n'avais pas passé une nuit aussi paisible. Une nuit où je n'avais ni à dénicher un banc, ni à squatter une cabine téléphonique, ni à semer la police. Seulement rattraper des années-lumière de sommeil. Je n'ai pas pensé, pas trop, à mon papa. Alec ? Je lui téléphonerais le lendemain. J'avais convenu d'un code précis avec lui : « Autour de dix-neuf heures, je laisse sonner une fois. Je raccroche. J'attends une minute et je rappelle. » Cette nuit-là, je me souviens, j'ai encore songé à Joe Strummer qui devait m'attendre dans notre pub londonien. Et à ce groupe qui m'avait offert la grande lumière. U2. C'était chouette de m'endormir si près de mes héros, si près de ce pays mystérieux, l'Irlande. Je devais voir l'Irlande. Il fallait que je m'agenouille au moins une fois sur cette terre promise. Et si je mourais demain ? Bientôt ? On appartient au pays où l'on a décidé de mourir. L'Irlande…

– Louise a passé la journée suivante au lycée. Le papa est parti très tôt à l'usine. J'ai compris qu'il fabriquait des pièces de voiture. Il m'a promis qu'il parlerait à son patron et que j'apprendrais facilement le métier. Il a avalé un café et m'a embrassé sur le front, comme on embrasse un fils. Je connaissais ces gens depuis quelques heures à peine et j'étais déjà chez moi. Je suis resté à la maison avec la maman. J'ai passé la journée à réparer un grillage au fond du jardin. La cage de Bunny, leur lapin. Je n'étais pas doué mais j'y ai mis tout mon cœur. Je serais dans ma nouvelle vie un beau-fils modèle. Plusieurs fois dans la journée, Helen, la maman, m'a obligé à faire une pause pour prendre le thé. Une belle femme. Comme ma Louise, si belle. Helen prenait plaisir à utiliser les quelques mots de français qu'elle connaissait. J'ai compris que son père faisait partie de ceux qui avaient libéré la France en juin 44. Elle m'a montré des photos du héros, tout souriant au retour du combat. Des portraits de sa mère aussi et de toute la famille. Je ne parlais pas trop. J'acquiesçais en faisant oui de la tête tout en sirotant mon thé. Je souriais. Helen m'a sorti la coupure d'un journal jauni. Ça parlait de De Gaulle, j'ai fait : « Oui, oui, je le connais. » Puis elle m'a montré un vieux timbre à l'effigie de Winston Churchill. J'ai souri encore. Mon copain Fernand disait toujours (un jour, j'écrirai le livre des citations de Fernand) : « Tous les bébés ressemblent à Winston Churchill. » Je suis retourné voir Bunny au fond du jardin. Il me fixait comme une chose étrange. Dans ses yeux, j'ai lu mon avenir proche comme dans une boule de cristal. Je me suis vu en bleu de travail, polissant, à l'aide d'une machine beaucoup plus grosse que moi, une toute petite pièce de voiture. Sans cette pièce, pas de voiture. Et puis une autre, et puis une autre encore. Toujours la même. Et ce tapis interminable qui pousserait la pièce devant moi, jusqu'au poste suivant, devant mon collègue. Je n'y connaissais rien en voitures et ça ne m'intéressait pas une seule seconde. Mais est-ce que travailler devait être un plaisir ? Il s'agissait ici de rapporter un salaire et d'espérer pouvoir louer et plus tard acheter un petit « pavillon à l'anglaise » dans cette charmante ville de Dunstable. Le vendredi soir j'irais avec Lenny, le papa, au pub boire quelques pintes pour escorter nos souvenirs. Et surtout voir le match de Liverpool sur la grande télé en hurlant, en menaçant l'arbitre et en trempant à nouveau ma moustache – j'aurais bien sûr une moustache – dans la mousse de ma bière. Bunny me regardait sans broncher. Pour la première fois depuis le départ de ma maison, j'ai eu peur. Peur de l'avenir déjà tracé, comme un couloir, long, droit, sans surprise. J'étais jeune. N'avais-je pas encore tout le temps de dessiner le chemin ? Et j'avais quoi comme souvenirs à confier ? Il fallait d'abord les construire. Il fallait vivre. D'abord vivre. Je devais voir le monde. Je me l'étais promis. L'Irlande... Je n'avais pas fui une prison pour en trouver une autre.

Prince ne souriait plus du tout maintenant, comme s'il devinait, et moi qui n'arrêtais plus.

– Le soir, je suis allé attendre ma Louise à la sortie du lycée. Je l'ai observée. Une scène au ralenti ou presque. Elle a salué ses copines et l'une d'elles m'a encore montré du doigt en se moquant. J'ai vu Louise. Une magnifique blonde. Louise. Bien trop belle pour moi. À chacun des pas qui nous rapprochaient, je l'ai vue vieillir. J'ai vu nos enfants. J'ai vu, j'ai vu.

Je racontais mon histoire et Prince s'assombrissait, un nuage qui masque le soleil. Derrière lui, comme il l'avait prédit, le joggeur quittait l'immeuble et reprenait sa petite course innocente. Le mensonge coulait encore, courait encore partout sur cette fichue planète. Prince ne s'est pas retourné, il n'a rien vu. Ou plutôt il devinait des choses que jamais il n'aurait voulu connaître. Je lui racontais une histoire d'amour. Il voulait que cette histoire finisse bien. Elle ne finirait pas bien.

– Tu lui as dit quoi, à Louise ?

Sa voix ne scintillait plus.

– Nous avons marché jusqu'à chez elle et je lui ai raconté la vie qui s'ouvrait devant, pour nous, la belle vie qui nous tendait les bras – j'ai fait le geste. Je lui ai parlé de sa maman si gentille, du job avec son papa, de l'avenir. J'étais certain qu'elle comprenait tout. Je lui ai parlé avec gourmandise de l'Irlande. Mon Irlande. Je lui ai expliqué que je voulais plus que tout découvrir ce pays. Respirer l'air pur. Pleurer en écoutant U2 sur un quai de Dublin, là même où ils avaient pris la photo de l'album *October*. Face au Grand Canal Dock. J'étais incollable sur mon *band* préféré. Je voulais respirer tout ça une fois au moins. Une fois.

Je m'excitais en racontant tout ça. Comme dans *La vie est belle* James Stewart imaginant le grand monde… Il ne quitterait jamais Bedford Falls, sa ville natale. Je souriais, je riais, je pleurais presque.

– Voilà ce que j'ai dit à Louise.

Je me suis rassis, essoufflé, sur notre banc.

– C'est pas juste. La pauvre.

Prince m'a défié du regard.

– Tu sais, je suis sûr que ton père ne t'a pas menti. Il y a un gros poisson qui t'attend là-bas. Ça ne te tient pas en vie de savoir qu'il y a ce magnifique monstre que tu attraperas un jour et que tu relâcheras au nom de l'amour pour ton papa ?... J'ai dit à Louise que je reviendrais. Bien sûr je reviendrais. Elle a pleuré. Un peu d'abord. Elle voulait m'accompagner. Je lui ai dit qu'il fallait que je vive ça tout seul. Un petit enfant m'attendait là-bas, il me prendrait la main et me serrerait dans ses bras. Ce petit enfant, c'était moi, et j'avais besoin de ces retrouvailles en tête à tête, tu comprends ? J'ai téléphoné à Alec. Comme convenu. Une sonnerie. J'ai raccroché. Au deuxième appel je l'ai eu. « Bruno, mon Bruno, t'es où ? » Il ne parlait pas fort, il murmurait. Personne ne devait l'entendre. Le plan, mon plan, notre plan, ma fugue, c'était avec lui. Il n'y avait qu'Alec et Fernand qui savaient. Il a balbutié à voix basse que les gendarmes me cherchaient partout. Une alerte locale était lancée et elle serait bientôt nationale. Le village s'inquiétait. Ma famille s'inquiétait. Mon père était dévasté. Alec et Fernand, mes deux amis proches, ceux qui savaient bien sûr tout de moi, étaient plusieurs fois par jour interrogés, cuisinés. Tout le monde savait que nous étions inséparables. J'ai dit à Alec de tout avouer. « Non, je ne dirai rien. Plutôt mourir. J'aurais dû partir avec toi. Mon père me fait vivre un enfer depuis ton départ. Bruno, tu me manques. Prends soin de toi. Tu as vu Louise ?

– Je te raconterai. »

Prince s'est redressé d'un coup.

– Il faut que je rentre. Maman va s'inquiéter. Je n'aime plus ton histoire.

Le môme a couru jusqu'à chez lui. Il a filé comme tenu par un fil invisible tendu jusqu'au ciel où planent les rêves les plus fous d'enfants qui n'ont devant eux que toute une vie.

– Je reviendrai te voir demain. Je n'aurais pas pu faire de mal à Louise, moi. Je serais resté avec Louise.

*

Les pigeons m'ont laissé eux aussi. Sur un autre banc une autre solitude lançait des bouts de pain. C'est lui qui avait du succès maintenant. L'histoire de ma vie. J'ai repensé à ce jour où ma femme m'a quitté. Je dis ma femme mais on n'était pas mariés. Je lui avais promis le sublime, le mariage, l'union sacrée. On avait souvent parlé de la robe qu'elle porterait ce jour-là. On se faisait ces films en général les soirs d'orage. Elle a toujours eu peur de l'orage et ça lui rendait un peu la vie. Un petit peu. Et je marquais ces points nécessaires pour emmener notre histoire un peu plus loin, nulle part. Elle n'a jamais beaucoup souri avec moi. Je lui parlais d'Irlande encore et de vertes prairies, des fleurs tressées sur sa tête et des jeunes filles de blanc vêtues qui tiendraient son immense traîne. Je pouvais inventer toutes ces choses magnifiques, elle n'avait plus qu'à se perdre dans ce paysage de rêve. Des violonistes traditionnels et une dame en blanc, toujours, faisant frémir le vent au bout de sa flûte traversière. Dans mon récit je parlais également d'une harpiste juchée sur une charrette décorée de toutes ces fleurs sauvages. Et de poneys aussi à qui on aurait fixé une corne sur le nez, de véritables licornes. Elle désirait une fontaine de chocolat ? Elle l'avait. « Et la calèche glisse comme une feuille sur le ruisseau où boiront les chevaux jusqu'à s'étourdir. » Bien sûr, tout ça est resté enfermé dans des promesses non tenues. On ne s'est jamais mariés. Ne faites jamais confiance à un cow-boy… J'ai souvent pensé à ça. Quelle malchance pour elle d'avoir croisé ma route ! Elle avait tout simplement misé sur le mauvais cheval. Elle rêvait d'une belle maison si bien rangée. Elle rêvait d'un mari bricoleur et de rires d'enfants qui résonneraient partout et rebondiraient sur tous les murs de notre havre de paix. J'étais si loin de ça. Je n'aimais que la solitude. Je ne parlais pas beaucoup, sauf pour lui faire beaucoup, mais alors beaucoup de peine. Quand je lui expliquais avec un enthousiasme non dissimulé, les soirs où j'avais trop bu, que la vraie vie c'était la route, une roulotte au bord d'une rivière, en Irlande bien sûr. Une vie à la Nilda… Bien sûr un jour c'est elle qui a eu le courage. Ce sont les femmes les vraies courageuses.

« Ça fait plus de vingt ans que nous sommes ensemble, immobiles. Il ne se passe rien. Tout est dans ta tête et moi, je n'ai jamais eu le droit de rentrer dans ta tête. On se tient la main comme deux statues dont le cœur ne bat plus depuis si longtemps. Les deux mariés plantés sur le gâteau. Aucun invité alentour. Rien. Nous n'avons rien en commun. Ce que j'aime, tu ne l'aimes pas. Ce que tu aimes, je ne le comprends pas. Ça ne m'intéresse pas. Nous n'avons vraiment que si peu qui nous rassemble. Tu sais, il y a beaucoup de gens qui ne supportent pas Phil Collins ! » Je me souviens, j'ai souri et pleuré en même temps. Je pleurais beaucoup. « Tu vois, tu pleures encore. Je suis désolée, Bruno, je ne suis pas ta mère. »

Je me souviens de la dernière nuit, la dernière caresse. Elle dormait là, à ma gauche, comme toute cette vie, seule comme une Dalida. J'ai passé doucement ma main dans son dos. Du bout de mes doigts je lui ai soufflé un adieu, et puis sans la réveiller j'ai attrapé un crayon sur la table de chevet et j'ai dessiné un magnifique cœur géant qui s'étalait depuis ses omoplates jusqu'au sommet de ses fesses bouleversantes. Il y avait de l'amour dans ce cœur. La pointe de ma mine se promenait sur le dos sans défense d'une femme endormie que j'aimais peut-être encore. J'ai repensé à toutes ces guerres mais aussi à tous ces grands moments de pardon sublimes.

Avant de me conduire au train elle s'est levée pour prendre une douche. « Dépêche-toi », elle m'a dit. Dans son dos le cœur avait totalement disparu. Par la vitre de mon wagon j'ai fait un signe. Le signe de celui qui voudrait que tout recommence. Que tout soit beau à nouveau. Sans émotion aucune elle m'a tendu un doigt bien haut qui s'est planté bien profond dans le cul du ciel.

Ma vie ouvrait les yeux dans l'obscurité. Les aiguilles tournaient et je perdais peu à peu tout le monde. Après ça j'ai caressé l'envie d'en finir. Je ne dormais plus. Des journées entières à errer et à fixer depuis mon banc un chewing-gum oublié là, par terre, par un passant pressé. Je fermais les yeux, épuisé. Mes rêves étaient violents. Récurrents. Je léchais le canon froid d'un revolver et je fermais les yeux. Et mon crâne qui explosait partout. Et puis plus rien.

Un soir un vieux monsieur s'est présenté à moi comme un docteur à la retraite. Il m'a ramassé pour dormir cette nuit-là chez lui. Il m'a prescrit des antidépresseurs. Il m'aurait donné n'importe quoi, j'aurais tout avalé. Ça m'a permis de dormir un peu plus. Dormir permet de moins affronter la réalité quotidienne. Il y a moins d'heures à passer sur le champ de bataille, face aux autres. Face à la vie dégueulasse. Mes rêves ? Plus de revolver rutilant planté au fond de ma gorge. Non. C'était une corde maintenant. Elle se balançait face à moi. Je me réveillais chaque fois que la chaise se renversait et percutait le sol. Je pensais à Michael Hutchence. Mon Dieu qu'il était beau ! Et puis la mort… Ah oui, autre chose : avec les antidépresseurs je ne bandais plus, mais alors plus du tout. C'est pas que ça m'arrivait souvent. J'avais ce truc entre les jambes, j'aurais pu le couper. J'aurais dû le couper. Plus question de reconquérir ma femme. Plus question de rencontrer qui que ce soit.

Plus question de rien. Si, devenir curé peut-être. Dieu ? Je ne l'aimais plus.

*

Le petit prince n'est pas revenu le lendemain. Ni le jour d'après d'ailleurs. Roberta n'est jamais sortie de chez elle. J'ai quitté mon banc comme on saute à la mer.

Ceux qui partent
en mer reviennent pétrifiés.

Je suis remonté jusqu'aux Abbesses. Mon manège tournait. Un nouveau Tonio avait pris ma place. Une main sûre. Je suis resté là. Un tour, deux tours. Le nouveau mettait moins de passion que moi dans le lancer de pompon mais cela n'empêchait en rien les enfants de se battre encore. Le combat de la vie s'apprend dès le plus jeune âge. Mange ou tu seras mangé. « L'homme est un animal », disait le chanteur. Et les mamans autour, avec ce sourire vivant, toujours. Toujours le même.

Un instant j'ai repensé à Hibou et ça m'a fait du bien. Ça m'a bouleversé d'imaginer ce grand homme bien droit, planté vers le ciel, prenant soin de tous ces agneaux anonymes dans ce royaume des désespérés. J'aurais voulu le serrer dans mes bras, comme une maman qui a trop manqué. Comme ma maman. J'aurais voulu à cet instant me réfugier sur mon île, mon Hydra.

Les murs blancs de ma petite chambre me manquaient. Je ne pouvais pas retourner là-bas, pas comme ça. Cela aurait fait sûrement beaucoup de mal à Hibou. J'avais échoué. Je ne voulais pas le décevoir. J'avais jusque-là déçu tellement de monde. Pas lui. Pas possible.

Je me suis assis sur un trottoir face à la vie. Face à tous ces gens avec chacun ses propres labyrinthes dans le crâne. Toutes ces vies qui se croisaient. Des vies heureuses ? Des vies de chagrin ? Est-ce que ce vieil homme qui marchait là-bas avait perdu ses enfants ? Est-ce que cette femme qui léchait cette vitrine de chaussures était amoureuse ? J'aurais voulu voler, ne serait-ce qu'une heure, leur vie, mais toutes les places étaient déjà prises. J'étais le perdant au jeu des chaises musicales.

Ma place ? Perdu sur ce trottoir. De ma bouche se sont échappés les premiers mots et puis j'ai récité par cœur, à voix haute, le sonnet 116 de mon vieux compagnon. L'impression de dérouiller mon cœur.

Une vieille dame, encore, m'a offert d'abord un sourire puis une pièce.

– C'était lui le meilleur, Shakespeare, on n'a jamais fait mieux !

Nos couloirs se croisaient dans nos labyrinthes respectifs. J'ai pris la pièce et l'ai jetée en l'air. Elle est tombée côté face sur le dos de ma main. C'était bien, tout était normal, j'avais choisi le côté pile.

Il paraît que pour réussir une vie, il faut avoir un enfant ; je n'en n'avais pas. Il faut planter un arbre ;

quand nous étions gamins, j'avais juste coupé le sapin de Noël sur la place du village, un saccage de plus. Pour réussir une vie, il faut écrire un livre ; je ne me souvenais même plus de celui que je n'avais pas fini de lire, il y a si longtemps. Dans le meilleur des cas, les planètes ne s'alignent qu'une seule fois dans une vie ; oui, quelque chose comme ça m'était arrivé, peut-être une fois, mais j'avais déchargé froidement le revolver dans chacun de mes pieds. Il fallait se rendre à l'évidence, je n'étais décidément pas doué pour le bonheur. Je n'avais rien réussi de bien dans cette putain de vie. Un magnifique un jour a dit : « J'aime tout dans cette vie, même la vie. » Je le jure, ce n'était pas moi.

Je suis entré dans ce bar. Deux putes à l'entrée m'ont toisé comme on regarde un animal malade. Mal en point. Même pour de l'argent, je ne faisais plus envie à personne. La serveuse souriait, pas à moi, non, elle souriait à la vie. C'était sûr, il y avait quelqu'un quelque part qui savait comment l'aimer. J'ai sorti l'enveloppe de ma poche. Il restait encore tous ces billets. Hibou avait vraiment été généreux avec moi. J'ai commandé deux Jack Daniel's et une carafe d'eau. Un pour moi et un pour elle. J'ai réussi à lui parler. Elle ne souriait plus. Elle m'a servi, c'est tout. Rien pour elle. Ses seuls mots : elle m'a demandé de régler avant de poser les Jack sur le comptoir. C'était la fin de l'après-midi d'une journée de plus.

Maintenant, c'était certain, il fallait en finir. Vite. Le plus vite possible.

En sirotant mon whisky, j'ai élaboré des plans, tous plus laids les uns que les autres. Personne ne viendrait me plaindre, de toutes les façons qui assisterait à mon enterrement si quelqu'un daignait m'enterrer ? Le Mozart des Abbesses ! Qu'ils me jettent où ils veulent. Dans une forêt, par exemple, pour faire bouffer mes restes par des sangliers… J'ai repensé à Sofia. Ce jour-là, quand je l'avais suivie tout seul derrière sa boîte et que les deux employés de la mairie s'impatientaient, je m'étais dit qu'on était vraiment très peu de chose. Si quelqu'un apprenait ma mort, il ne serait pas étouffé par le chagrin. Alec ? Alec serait là, sûr. C'est lui qui réglerait tout. Comme il savait le faire quand je faisais une bêtise au lycée et qu'il trouvait toujours la solution. Hibou serait sûrement là aussi. J'étais même sûr qu'il pleurerait. Beaucoup. Toujours bien droit sur ses longues jambes. J'aurais aimé assister à la rencontre Hibou-Alec. Quand deux anges se croisent, ça fait quoi ? Les anges ne se rencontrent pas, ils se reconnaissent. J'ai regardé les deux glaçons fondre au fond du verre. C'était lent et beau. Comme une patineuse qui s'enfonce dans la forêt sombre. Pas le courage du revolver dans la bouche. Pas le courage de la corde. J'ai repensé à Fred, parti quelques années avant. Je repensais souvent à Fred. Il souriait toujours. Toujours le bon mot pour rigoler, Fred. Et bam, balayé par la vie, lui aussi. J'aurais pu me jeter sous une voiture, mais je risquais encore de me rater. Et puis si une innocente, une jeune femme avec des enfants, passagers derrière, passait par là… Non, je ne voulais pas faire de mal à une famille heureuse. J'avais ça encore. Garder le mal, le sale, l'enfer pour moi. Rien que pour moi.

La fille est sortie des toilettes. Un diamant qui s'extirpait d'une décharge. Mon Dieu, bien longtemps que je n'avais pas vu de fille aussi belle. Une beauté sauvage. Des cheveux longs, noirs comme une nuit sans lune, des yeux noirs marqués par un maquillage noir lui aussi. Pas besoin de tout ça pour reconnaître quelque chose que je connaissais parfaitement, la tristesse. Cette fille était belle. Vraiment belle, mais d'une beauté fatiguée, usée. On remarquait tout de suite que ce petit oiseau avait été lui aussi cabossé par la vie. Trop et sûrement trop tôt. Longuement, sûrement trop longtemps. Elle s'est assise sur le tabouret à côté du mien et a fixé le miroir en face, derrière les bouteilles. Elle n'a pas eu besoin de pleurer, son maquillage a coulé tout seul. Le bar était à nous, pas encore de clients en ce début de soirée. La serveuse passait et repassait le balai parmi les tables et les chaises vides dans la pénombre des recoins, là où les couples se font du bien la nuit venue. Et les deux putes montaient la garde à l'entrée.

– Tu ne me commandes pas un verre ?

Je ne savais pas si elle s'adressait à moi ou au miroir

en face qui lui renvoyait l'image d'un visage triste, embué.

Elle a sorti une plume toute froissée de sa poche, une plume blanche. Elle l'a posée devant moi. J'ai tout de suite pensé à John Lennon. Il avait confié à Julian, son fils, un peu avant sa mort, que s'il devait partir, il reviendrait se manifester sous la forme d'une plume blanche. Comme pour dire : « Je serai là toujours. Je te protège, je te protégerai. Toujours. Je t'aime, je t'aimerai. Toujours. » Un jour, bien plus tard, alors qu'il était en tournée de concerts en Australie, Julian Lennon s'était vu offrir par le chef d'une tribu aborigène une plume blanche. Ça l'avait bouleversé.

Nous avons siroté nos deux Jack en silence. C'était le deuxième pour moi. J'aurais voulu en boire mille et m'écrouler et mourir là, dans ce bar miteux, dans cette ville que je n'aimais pas. J'aurais voulu rester dans ce bar pour toujours.

– Je m'appelle Paula, et toi ?

J'ai failli répondre : « Bruce » mais ce prénom était réservé à mon petit Prince. Il nous appartenait. Pas pour les autres.

– Bruno.

– Je n'aime pas ce prénom, tu n'en as pas un autre ?

J'ai siroté encore un peu et j'ai sorti ma carte d'identité. Je l'ai posée sur le comptoir, devant elle.

Paula a souri. Une rose qui jaillirait d'un bouquet d'orties. La photo : bien sûr qu'on a tous l'air idiot sur ces photos prises à contrecœur comme au commissariat. Alors elle a lu :

– « Bruno, Michel, Mario »... Mario, pfff, ridicule... Michel c'est rien, ça sonne creux comme une flaque. Ça te va bien Michel.

– Comme tu veux. C'est joli Paula.

– Arrête tout de suite. C'est mon salopard de père qui a choisi ce prénom. Je ne l'aime pas non plus. Mais ce prénom, tu vois, il vient de me sauver la vie.

Alors elle a parlé. Elle ne s'était pas suicidée. Juste grâce à cette minuscule inscription griffonnée sur le mur des toilettes : « Paula, tu es belle. » Elle avait failli laisser sa vie dans ce bar miteux et maintenant les cachets de la mort avaient sagement rejoint l'enfer grâce à ces quatre petits mots : « Paula, tu es belle. » J'imaginais les cachets fixant cette fille du fond de leur eau jaunâtre. Puis elle tirant la chasse sans pitié. Un bourreau survivant qui fait bien son travail. Cette histoire était bouleversante. J'étais le premier à qui elle racontait tout ça. J'étais la première personne qui l'attendait derrière tout ça. La première personne du reste de sa vie.

Paula m'a tendu ses doigts et j'ai serré sa menotte toute fraîche. Sûrement comme celle de Jésus-Christ de retour de la mort.

– Tu as déjà pensé au suicide, toi ?

– Jamais. J'aime tout dans la vie, même la vie.

– On s'en va, elle m'a dit en gagnant sans se retourner la sortie.

J'ai vidé cul sec mon verre et jeté quelques billets sur le bar. J'ai fixé en face le miroir et j'ai replacé mes cheveux pile sur le côté droit, le début de ma calvitie. Un ange. Encore un ange posé sur ma route. Maman, c'est toi ?

J'ai suivi Paula comme on saute de très haut, en fermant les yeux. Dehors, la nuit m'est apparue comme si je la contemplais pour la première fois.

– C'est ma voiture, elle a fait.

J'allais dormir sous un toit. Paula m'a préparé une couche de fortune sur un canapé et m'a prêté un tee-shirt trop petit pour la nuit, celui avec la langue des Stones.

– Ce n'est pas beau un homme tout nu ! j'ai fait.

Elle m'a souri par politesse et a refermé la porte de sa chambre.

Je l'ai écoutée s'allonger. Pleurer. Toute la nuit.

Quand j'ai pénétré dans la chambre aux premières lueurs du jour, Paula dormait. Je me suis glissé dans les draps près d'elle et c'est là qu'elle a ouvert les yeux. Elle n'a rien dit.

Du bout de mes doigts, j'ai délicatement fait le tour de son visage.

– Je fais le tour de la maison de Paula. Je ferme les volets.

J'ai baissé ses paupières avec mon pouce.

– Je ferme la porte.

J'ai fermé sa bouche.

– À clé !

J'ai pincé son nez en le tordant comme une clé dans une serrure. Les yeux de Paula ont souri. Elle a écarté les jambes et je suis monté sur elle. Le silence de cette première fois était assourdissant. Seul le frottement de nos peaux sur les draps et puis mes poings qui ont agrippé le coussin à la fin, comme pour en faire une boule de papier. Il y avait si longtemps.

Je me suis écroulé près d'elle et j'ai fixé l'araignée qui tissait courageusement une toile tout en haut au coin du plafond.

– Je suis institutrice en école maternelle. J'aime les enfants, je n'en ai pas. Je n'en aurai pas.

– Ma maman était directrice d'école maternelle, elle aussi.

– Et toi tu fais quoi ?

– J'étais chanteur.

– Tu chantais quoi ?

– La vie. Ma vie. Et parfois celle des autres quand elle en valait la peine et se cassait magnifiquement la gueule avec panache.

Paula a rigolé.

– Ça marchait ?

– Un peu, mais je ne regrette rien. Le succès est une catastrophe. Et puis un blanc-bec, plus jeune, est arrivé et il a pris ma place. Il m'a tout piqué et c'est sur lui que les loups ont tout misé. Mais je m'en balance. « Vous pouvez me voler toutes mes idées, j'en ai d'autres ! »

J'ai presque chanté les mots de Coco Chanel.

Paula a rigolé encore.

– Tu es marié ?

– J'aurais adoré, j'ai menti. Et toi ?

– Presque.

Alors Paula a ouvert les yeux comme si elle relisait un livre qu'elle avait détesté. Jusqu'au bout ses paupières ne se sont jamais baissées. Elle fixait un grand feu. Une maison qui brûlait.

– Ça faisait deux mois qu'il ne m'avait pas tapée. Cette fois, il n'y est pas allé de main morte. Il pouvait passer de l'état de tout doux, un agneau, à cet état de fureur incroyable, en une seule seconde. Je ne sais plus, je lui avais posé la question et il n'aimait pas la question. J'en avais assez, assez de le voir se cacher pour répondre à son putain de téléphone. Sans arrêt. Toujours ce foutu téléphone. Ça me rongeait, tu comprends ? Il parlait bien à quelqu'un, tu comprends ? Il ne voulait jamais me dire à qui il racontait ses salades, à l'autre bout. J'ai posé la question encore et ça l'a rendu dingue. Alors il m'a battue. Il tenait une rallonge électrique. Je sais qu'il l'avait cachée dans sa voiture. Il m'a mis une de ces raclées ! Il tenait le câble comme un fouet. Et puis, les yeux fous, il a pris la voiture et s'est enfui. Le bas de mon dos brûlait, mes fesses brûlaient. Je me suis regardée dans le grand miroir, on voyait comme des traces de griffes d'un tigre géant, jusqu'au sang. Je n'ai pas pleuré.

J'ai doucement caressé le bout d'un sein de Paula. Elle a repoussé ma main presque avec dégoût.

– Il est revenu deux heures plus tard. Il m'a demandé pardon. Ça faisait deux mois qu'il ne m'avait pas demandé pardon, avec cette voix si douce, tu comprends ? Une voix douce, la voix d'un enfant qui a été battu lui aussi et qui vient se réfugier. Je l'ai pris dans mes bras. Il sanglotait. Il n'osait pas poser ses mains sur mon cou abîmé. Un petit enfant. Je l'ai fixé en lui tenant les joues. Il m'a murmuré les mots : « Je t'aime. » J'ai aimé, Dieu que j'ai aimé comme il m'a dit : « Je t'aime. » Ça faisait si longtemps qu'il ne m'avait pas dit : « Je t'aime. » Tu comprends ? À ce moment j'ai pensé que je méritais peut-être tout ça. À ce moment-là j'aurais voulu qu'il recommence, qu'il me batte encore et qu'il me demande pardon encore. Qu'il me souffle encore les mots. Tu comprends ?

Paula sanglotait.

– Ça a tenu trois jours. Après le coup de téléphone de l'une de ses putes, j'en suis sûre, il m'a mis un coup de poing sous l'œil, presque sur le nez. J'ai cru qu'il me l'avait cassé. Mon joli petit nez. Tant pis. Le soir il m'a demandé pardon, encore. Et puis il m'a dit : « Je t'aime », encore. On s'est couchés, on a fait l'amour. On faisait bien l'amour. Il me faisait tellement de bien quand il me faisait l'amour. Tu comprends ? Je ne l'avais trompé qu'une seule fois. Avec une inconnue rencontrée dans un bar. Même pas belle. Je ne suis pas comme ça, tu comprends ? Je voulais juste essayer un truc ou quelque chose comme ça. C'était allé vite, trop vite. J'avais compris combien mon homme à moi était bon. Très bon, même. Je voulais savoir, tu comprends ? On s'est enlacés et il m'a redonné un « Je t'aime » avant de s'endormir. Je suis allée pisser et j'ai vu mon visage dans le miroir au-dessus du lavabo de la salle de bain. Mon nez n'avait pas bougé mais le dessous de mon œil était déjà presque violet, jaune-violet. J'ai pleuré et j'ai repensé à ma mère qui se faisait battre elle aussi par un salopard qui disait être mon père. Ce type avait essayé de me violer un soir. Je le jure.

Paula a craché par terre.

– Il était ivre. Il m'avait rejointe dans mon petit lit, il avait soulevé ma petite chemise de nuit, il me faisait mal avec ses grosses mains. Je ne bougeais pas, tu comprends ? J'avais si peur, tu comprends ? Et puis il s'était arrêté, d'un coup. Il puait le vin. Il s'était redressé. Ses gros yeux m'avaient fixée. J'avais si peur, tu comprends ? Il m'avait traitée de petite salope et il avait quitté la chambre. Je m'étais confiée plusieurs fois à ma mère mais elle ne m'a jamais crue. C'est moi qui mentais. Tu comprends ?

Paula a avalé sa salive.

– Oui, on aurait dû se marier. On voulait le faire à Las

Vegas, avec Elvis et tout… J'ai ouvert le tiroir, j'ai pris les ciseaux, il dormait comme un bébé. J'ai tiré les draps, il était si beau, nu. C'est rare un homme beau quand il est nu. J'ai plongé sur son sexe et je l'ai coupé. Et puis je ne sais plus. Il a hurlé à la mort, du sang partout. C'était tellement vrai. On aurait dit un Pollock qui s'étalait sur moi. J'ai appelé les secours et puis la police. Mon chéri était enroulé, recroquevillé au pied du lit, il gémissait. J'étais prête. J'avais les mains sur la tête quand les flics sont entrés dans la chambre. Dans un poing bien serré, je broyais encore le bout de sa bite. Je ne veux plus retourner en prison, tu comprends ? Je n'ai plus de larmes. J'ai tout laissé là-bas.

– Moi non plus je n'y retournerai plus.

Paula a fermé les yeux comme pour refermer à jamais le mauvais livre.

– Toi, tu n'as pas l'air parisien, on dirait.

J'étais bouleversé. La bouche sèche. J'ai cherché plusieurs fois ma salive.

– J'ai débarqué à Paris pour la première fois, je venais à peine d'avoir vingt ans.

Et là, c'est moi qui ai ouvert grand les yeux.

– C'est ma sœur Gina qui m'a hébergé un bout. Elle débutait sa carrière d'institutrice, loin de chez nous. Évidemment, sa première mutation était la capitale. Un établissement difficile avec des mômes difficiles. Un climat difficile. Ce putain de ciel toujours bouché. Je n'aime pas Paris mais c'est là que j'ai voulu aller pour me réparer. Pour respirer, un peu. Je voulais m'en sortir, m'enfuir de mon village du trop sud. Ne plus croiser les visages que je connaissais depuis toujours. J'avais vingt ans et j'étais déjà épuisé. Un burn out. Mon cœur devait s'ouvrir à d'autres, embrasser une nouvelle vie. C'était ça ou mourir. J'ai cherché du travail, un job quelconque. Je voulais m'en sortir, me débrouiller tout seul. J'ai même essayé de vendre des petites encyclopédies Robert en faisant du porte-à-porte. Le premier soir, tous les jeunes étaient largués comme moi dans la capitale pour vendre leurs salades. Du vol, je te jure, c'était du vol. Qui pouvait acheter des livres aussi chers ? Le premier soir, tout le monde, tous les pseudo-vendeurs, est revenu au rendez-vous donné pour débriefer sa première journée. Tous bredouilles, sauf moi. J'avais réussi à refourguer une encyclopédie à huit mille francs – oui, c'étaient des francs – à une femme d'un quartier pas vraiment aisé, tu vois ? Belleville. La femme m'avait fait entrer chez elle. J'avais compris. Elle était en pleine dispute avec son mari. Et le bébé qui pleurait. Elle n'avait rien voulu écouter de tout mon baratin. Elle avait saisi son chéquier et elle m'avait acheté l'encyclopédie sur-le-champ. En hurlant pour qu'on l'entende bien dans toute la maison : « Bien sûr que ça m'intéresse ! » Je voulais partir, je ne demandais qu'à partir. Je ne supporte pas qu'on se batte devant un enfant. Et le mari qui hurlait derrière. J'avais beau lui dire que tout ça n'était qu'une arnaque, elle n'a rien voulu savoir, affaire conclue. Le soir au rendez-vous, je me souviens, tout le monde me cirait les pompes. Bien sûr qu'on avait décelé que j'étais un bon vendeur, bien sûr que ma carrière était toute tracée, bien sûr que j'allais rapidement gravir les échelons… Je les ai insultés. J'ai tout balancé, mes livres, tout. Je suis parti. Gina, pour se moquer de moi, m'a conseillé d'aller chercher un boulot de serveur au Moulin-Rouge. Avec ma fougue de chien fou je me suis pointé là-bas. Un chef de rang, en reniflant mes habits et en toisant mes cheveux qui dégoulinaient sur mes épaules, m'a expliqué qu'il n'avait besoin de personne. Ma sœur a tellement ri ce soir-là ! Et puis le téléphone a sonné. C'était le Moulin-Rouge. Je commençais le lendemain. Je devais trouver une veste blanche et me présenter les cheveux courts. Le chéri de ma sœur m'a coupé les cheveux au bol. Un massacre ! J'ai démarré comme ça. Je ne connaissais absolument rien au métier, rien. On se donnait tous du « Monsieur quelque chose ». Il y avait déjà un Monsieur Bruno, alors moi c'était Monsieur Michel !

Paula riait. Une petite fille qui écoute son papa raconter des histoires avant la grande nuit.

– Je me souviens de la table dont je devais m'occuper le premier soir : la table 60, face à la scène et aux superbes filles aux seins nus. Mon Dieu ! J'étais commis de service, c'est-à-dire rien. J'avais deux jours devant moi, les deux jours de congé du chef de rang qui devait me gérer. Bien sûr, à son retour, il aurait tôt fait de comprendre et de me virer sur-le-champ… Le troisième jour, tout le monde semblait si bizarre au travail. Personne ne plaisantait. Le chef de rang n'est jamais revenu. Il s'était tiré une balle dans la bouche. J'étais livré à moi-même, personne pour me surveiller. Au bout de quelque temps, ma sœur nettoyait comme elle pouvait ma veste tachée par des nuits difficiles, j'ai su qu'il fallait que je m'échappe encore. Un soir, au milieu des mille deux cents couverts, j'ai renversé un plateau de consommé bouillant sur un autre serveur. Brûlé au deuxième degré. Le même soir, je n'ai pas réussi à ouvrir une bouteille de champagne hors de prix à des Chinois qui m'insultaient dans une langue que je ne comprenais pas. À la fin du service, j'ai retrouvé ma bouteille intacte et le bouchon toujours soudé. Une catastrophe, ils n'avaient pas pu boire la bouteille.

Paula rigolait fort. Cette fille était vraiment belle.

Les jours ont passé et puis les semaines. Paula avait, je crois, décidé de ne plus avoir envie de mourir. Et moi, moins souvent. Nous étions deux solitudes qui arrivaient à s'accepter, à se parler, à se croiser, à se renifler.

Paula partait tôt le matin pour son école. Je lui préparais son petit déjeuner. Elle me racontait les rêves de ses nuits toujours agitées. Je dédramatisais tout et je les interprétais à ma manière. Derrière tous ces trucs tordus, je dessinais de grands soleils. Elle souriait, et puis elle s'enfuyait, apaisée, vers son école maternelle pour retrouver ses enfants. Elle aimait vraiment les enfants. Elle ne pourrait jamais en avoir.

Je rangeais notre maison, je préparais le repas du soir, je volais une marguerite dans le jardin du voisin et je la déposais sur l'oreiller de ma chérie. J'écrivais un poème frais que je laissais traîner sur la table. Je remerciais à voix haute mon ange, et puis tous les autres pendant que j'y étais. Je remontais, vraiment, je remontais.

J'avais élaboré un tableau sur une grande feuille blanche. Dans la colonne de gauche, mes mauvais actes, ceux qui m'avaient tiré vers le très bas. Une liste longue, interminable. C'était bon de cracher tout ça. Dans la colonne de droite, les belles choses. Il y en avait beaucoup moins mais elles existaient.

Tout en haut à droite revenaient des prénoms presque oubliés. Alec, Fabienne, Prince, Hibou, Roberta, Sofia, Francis. Une fois, j'avais sauvé la vie à une grenouille qui était tombée du ciel, comme ça à mes pieds. Je l'avais prénommée Flop, le bruit de sa chute sur le bitume. Je l'avais reconduite chez elle pour la relâcher dans une mare du parc de Vernet-les-Bains. C'était beau de la regarder s'enfuir vers la vie.

Tout ça, bien sûr, je l'ai aussi noté dans la colonne de droite. Au fil des jours, ma liste s'allongeait et j'avais l'impression, je ressentais vraiment que mon corps se vidait. Comme on crèverait un vieil abcès, pas beau, qui faisait trop mal depuis trop longtemps. J'ai recopié le sonnet 116 et je suis allé à la poste pour l'envoyer à

Paula, chez nous. Je voulais que tout ce que la vie peut offrir de beau tombe en cascade sur la jolie frimousse de ma Paula. Je voulais lui faire du bien. Avec elle, me semblait-il, je m'accrochais à quelque chose. Quand Paula rentrait le soir, fatiguée, elle s'effondrait dans un bain chaud que j'avais fait couler à la meilleure température. Alors je frottais soigneusement son dos, ses pieds, son cou, avec une douce éponge. Elle réclamait toujours que je fasse le tour de la maison de Paula. Et je dessinais encore et encore le tour de son visage du bout de mes doigts couverts de mousse. Je fermais ses volets-paupières avec le bout de mon pouce. Sa porte-lèvres souriait encore. Je tournais la clé, son petit nez tout mouillé. J'étais le meilleur pour organiser un pique-nique dans le salon, sur la couverture bleue, face à la cheminée de notre vieille maison. On s'inventait des lieux différents chaque soir. On se retrouvait souvent au cœur d'une forêt imaginaire ou face à l'océan. Celui qui lèche les falaises de Moher, en Irlande bien sûr. Et puis on faisait l'amour comme deux enfants qui découvrent. Doucement et de mieux en mieux, même en boitant, comme on pouvait, on faisait l'amour.

*

Elle m'a posé la question sans même me regarder dans les yeux. Elle suçotait son pouce et de l'autre main triturait machinalement le coin de sa nuisette rose pâle.

– Est-ce que tu aimes quand nous faisons l'amour ?

J'ai ouvert grand les bras, très théâtral, en exagérant le mouvement, comme si j'embrassais le monde entier.

– Oh oui, j'aime ! Je n'ai jamais ressenti ça avec d'autres !

Ne jamais parler des autres.

– Tu as réveillé des choses que je ne pensais même pas endormies. Je les croyais tout simplement mortes.

Ne jamais parler des autres.

– J'aime tellement faire l'amour avec toi. Et toi ? Tu aimes ?

– Sale fils de pute ! Tu as eu quelqu'un d'autre avant moi ! Je le savais ! Tu n'es qu'une merde ! Lépreux ! Ne me touche plus, tu n'es rien pour moi ! C'était qui la pute avant moi ? Ah les pauvres petites putains ! Elles n'ont pas dû trop se régaler avec toi, parce que moi, queue dalle ! Sale merde !

Elle m'a empoigné le menton.

– Tu es ma chose.

Et puis dans mes yeux elle a répété :

– Tu es ma chose !

– Je suis à toi, Paula.

– Tu es ma chose.

– Je suis à toi, Paula, tu le sais. Je t'aime.

– Ta gueule, lavette ! T'es bon qu'à bouffer ma merde, suceur de bites !

Je me suis approché et j'ai chopé ses petites fesses sculptées parfaitement à la taille de mes mains.

– Non je n'aime pas faire l'amour avec toi !

Paula a éclaté de rire, un rire satanique.

– Je te vois gigoter et parfois c'est drôle et même émouvant !

J'ai lâché ses fesses. Elle riait encore.

– Allez, fais pas la gueule ! Je voudrais que ce soit toi, toi, rien que toi. Et en même temps, une femme…

Un boxeur à genoux. En titubant je me suis relevé de mon coin, recrachant mon dentier, le visage abîmé, agrippant comme je pouvais les cordes. J'y voyais à peine derrière mes yeux gonflés.

– Tu voudrais qu'il y ait moi et puis aussi une autre femme ? C'est ça ? C'est ça, mon amour ?

Elle a souri.

– Oui et non. Je voudrais que tu sois une femme.

Elle a broyé mon entrejambe avec sa petite menotte. Cette nuit-là j'ai regardé Paula d'abord gémir et puis crier. Je sais que rien n'était simulé. Il fallait tout simplement que je parle et que je parle encore, que je lui raconte. Pas meilleur que moi pour raconter des histoires. Je devais jouer ce rôle ridicule, j'étais cette femme un peu âgée, potelée à souhait. Cette fois-ci je devais l'accompagner. Nous faisions les magasins. Nous finissions enlacés derrière un rideau d'essayage. Les gens bien sûr pouvaient nous voir. C'est là qu'elle criait. Après ça et seulement après ça j'avais le droit d'être son homme. Elle regardait le vide sous mes « coups de lapin ».

Elle s'était mis en tête de me couper les cheveux. J'ai fini par céder après une brève altercation non constructive.

– Je jure solennellement que l'homme de la maison ne mettra plus les pieds dans mon lit tant qu'il portera cette horrible tignasse !

Tchac tchac tchac tchic tchic tchac tchac…

Elle s'est plantée devant moi et m'a regardé, perplexe.

– Je ferai mieux la prochaine fois.

Elle ricanait comme une sotte en inspectant son travail sans arrêter de tourner autour de ma tête. J'étais prisonnier au milieu d'une danse du scalp. Pas question que je m'amuse à bouger, j'ai pensé. Elle tenait l'arme… Après quelques dangereuses rotations elle s'est mise à courir en brandissant les ciseaux dans les airs. Tchac tchac tchac tchic tchic tchac tchac. Elle hurlait maintenant en crachant par terre, les bras tendus. Les pales d'un hélicoptère qui tournoyaient dans les airs au-dessus de ma tête. Paula hurlait, hystérique. Des cris stridents qui s'échappaient et qui tentaient de se cacher dans les moindres recoins de ma terreur. Sa chevelure éclaboussait la pièce et coulait sous mes yeux comme une longue rivière en crue au bout de cent jours de grosse pluie. Calmement j'ai posé les mains sur mon crâne. Plus grand-chose ne me gênerait à présent. J'ai empoigné le miroir. Ça repoussera, j'ai pensé.

J'ai cassé ma biscotte dans le bol quand elle a dit qu'elle regrettait mes cheveux.

– Tu sembles sortir tout droit d'une chimiothérapie. Ne t'en fais donc pas, nous allons garnir ton crâne de jolis motifs tout rouges. Pourquoi pas des dragons chinois ? Tu voudras bien, hein ? Tu voudras bien ? Ha ha ha ha ! Des dragons tatoués sur le crâne !

Je baissais déjà les yeux quand je croisais le voisin sur le pas de sa porte. Ses yeux tantôt tueurs, tantôt affligés. Devais-je attendre la nuit comme un vampire pour sortir maintenant dans la rue ?

À vrai dire je n'étais pas tellement rassuré. Mais Paula me répétait qu'elle l'avait déjà fait. Elle avait une petite expérience dans la pratique du tatouage. J'ai décidé de fermer les yeux et d'attendre des moments meilleurs. J'étais comme chez le dentiste, peut-être un petit peu moins confiant.

– Nous allons pouvoir commencer ! m'a-t-elle annoncé.

Elle m'a précisé que l'aiguille était totalement désinfectée, ce qui aurait dû me dérider complètement. J'ai préféré lui reposer la question malgré tout :

– Tu es sûre de ton coup, chérie ? Je n'ai qu'une seule tête, après tout, même si elle n'est pas bien pleine…

Elle n'a pas pris la peine de me répondre mais son regard m'a indiqué que je n'avais plus rien à ajouter. J'ai décidé de fixer une bougie au fond de la pièce et de penser très fort à une truite en liberté dans le lac Saint-Jean au Québec. Je n'ai pas réalisé tout de suite. Ce n'est qu'à un moment, au bout de quelques secondes je pense, que ma truite a filé sous un rocher et la douleur est devenue insupportable. J'ai risqué un cri. Mais il a eu pour effet de faire sursauter Paula. Elle a dérapé avec son aiguille et s'est agrippée à mon oreille gauche pour se retenir de tomber. Alors le coup est parti. Elle m'a administré une gifle sur l'oreille droite. Et puis plus rien. Un long sifflement. Elle a jeté ses instruments de torture à terre avant de quitter la maison en me traitant de sale fils de pute, de lavette. Et de lépreux aussi… Faute de dragons chinois, ma tête a résonné comme un gong jusqu'à la fin de l'après-midi.

Quand Paula est rentrée, elle m'a dit que j'étais une grosse marmotte et qu'on n'avait pas idée de rester enfermé tout un dimanche après-midi par un temps pareil. Je l'écoutais du fond de mon fauteuil, la tête sèche et engourdie comme un vieux morceau de viande. Ma chérie a caressé le désert de mes cheveux et m'a offert son regard noir, profond. Mon préféré. Celui de Patti Smith sur la pochette de *Horses*. Alors j'ai vu le soleil qui avait brillé tout l'après-midi et qui devait maintenant embrasser le bout de la mer.

Les jours défilaient dans un huis clos apaisant. Il n'y avait qu'elle. Il n'y avait que moi. Le reste du monde n'existait plus. Un grand canyon. Des sièges en cuir.

Une bonne musique et la route toute droite. Ma chérie n'était que douceur et compréhension. La meilleure des chéries. Celle qu'on espère dans une vie et qu'on a l'impression amère de louper de si peu chaque fois. Je l'avais là, sous mes yeux, elle était à moi.

« Chérie, comment se fait-il que tu sois si douce et si compréhensive en ce moment ? » J'ai chassé cette question empoisonnée de mon esprit. Ça roulait. Je voulais que ça roule. Non, n'allons pas réveiller les ennuis quand ils ronflent, enroulés sur la couverture bleue face à la cheminée.

À la fin d'une nouvelle merveilleuse journée, Paula a craché le morceau :

– J'ai rêvé de ta mort. Dans mon rêve je souhaitais ta mort et tu mourais.

J'ai souri amoureusement. Imagine-moi dans tous les crashs d'avion du monde, enroulé autour de chaque arbre, prisonnier de la ferraille de la voiture, au cœur du réacteur de Tchernobyl, j'ai pensé. Si cela peut nous offrir encore d'autres journées comme celle-là…

Nous avons fait l'amour, longtemps. Longtemps. Des heures. Une nuit, sur la couverture bleue. Cette fois-ci j'étais cette dame, toujours la même, et nous marchions dans la forêt et nous nous écroulions sur les feuilles humides d'un sous-bois. Paula n'exprimait pas vraiment grand-chose. Elle ne refusait pas vraiment grand-chose. Par la fenêtre le soleil nous offrait une de ses couleurs que je ne connaissais pas. J'ai fixé le plafond un long moment. Nous étions dans notre maison et c'était important, presque émouvant. J'aurais voulu la remercier pour tout. Cette maison nous protégeait comme une mère. Avec toutes ces nuits passées à la belle étoile je me suis senti soudain ingrat, redevable. Nous passions chaque jour devant, derrière, dans le jardin, sans même lever la tête ni nous arrêter pour caresser ces murs si clairs et si solides. Pas un mot de remerciement ni un sourire de gratitude. Cette bâtisse avait connu un autre siècle, d'autres gens, des milliers d'odeurs. Des fêtes, des drames. Peut-être des passions et des déchirements. Des victoires, des défaites. Mais elle n'avait pas bougé d'un pouce. Belle, fière, fidèle. Une *mamma* italienne qui vous protège jusqu'au dernier souffle. J'ai parlé à cette vieille femme. Je savais qu'elle m'entendait.

– Merci, merci pour tout. Merci au nom de toutes les personnes qui ont foulé ton sol. J'implore ta grandeur et ta bonté. Puisses-tu nous protéger toujours. Tu es belle. Tu es la plus belle des maisons. Je t'aime.

Paula souriait, heureuse, nichée dans mon cou. Nous fixions le plafond tous les deux. Nous avons entendu le bois de la poutre se retourner et gémir de bonheur avant de glisser à nouveau dans les couvertures de l'éternité.

– Je savais qu'elle répondrait, a fait Paula. Elle me parle, souvent elle me parle. Et les autres aussi me parlent…

Et puis d'autres jours, et puis d'autres nuits. Paula est sortie un petit matin pour admirer le nouveau grand ciel. Elle s'est essayée à un de ses jeux favoris. D'abord fixer le soleil sans cligner des yeux et puis baisser les paupières et raconter tout ce qu'il se passait. Elle décrivait des taches difformes qui venaient défiler devant sa rétine comme un film muet. Et moi j'écoutais, intrigué, un peu jaloux de la savoir seule dans ce grand cinéma. J'ai aperçu le voisin qui fixait Paula, tout simplement. Je pouvais distinguer l'ombre grossière de son gros corps dessinée derrière les stores mal baissés. Il observait sans se cacher. Je n'existais plus. Il buvait des yeux le corps sublime de mon amour dont le seul tee-shirt ne pouvait cacher les petites fesses blanches, encore plus blanches sous la lumière du petit matin. L'autre se rinçait l'œil, interloqué. Je l'ai imaginé rouge, près de défaillir. Il vivait seul. Je crois qu'il avait toujours été seul. J'ai baissé les yeux et je n'ai rien dit. Profite, j'ai pensé. Vois comme je suis heureux devant ma belle maison, tout mon bonheur étendu dans l'herbe.

Notre histoire roulait. Je voulais qu'elle roule. Nous sortions ensemble. Elle avait ses amis, je n'en avais pas. Elle avait ses habitudes, j'avais les miennes. Ce n'est pas l'habitude qui tue un couple. Ce sont les habitudes de l'un qui se frottent aux habitudes de l'autre. Elles finissent par s'entretuer. Avant, dans une autre vie, ça c'était ma petite expérience, j'avais un petit pied-à-terre à moi et à moi seul. Vous auriez vu le chantier… Une chambre de poète, de peintre ou de bon à rien, ou les trois. J'aimais flemmarder des journées entières, oisif, dans cette cage sens dessus dessous. Une vraie jungle. Ce proverbe cloué au-dessus de ma tête : « L'ordre est la vertu des médiocres. » Chez Paula tout était toujours propre et bien rangé. C'était même devenu mon obsession. Parfois je marchais à reculons pour balayer les traces invisibles de mon passage. On aurait pu manger par terre. D'ailleurs nous le faisions régulièrement face à la cheminée.

Ce que j'aimais par-dessus tout dans mon autre vie, c'étaient ces nuits chaudes d'été où j'oubliais la réalité pour embrasser l'idyllique. Je sortais avec une fille. On avait chacun son chez-soi. Elle avait cette particularité. C'était une fille à la poitrine généreuse, énorme. Des outres gigantesques. Dans l'intimité je bénissais le ciel de m'avoir offert ces heures de délices au regard de la dure vie. Ces moments de répit face à la vie cruelle où je pouvais goulûment plonger au plus profond de ces mamelles invraisemblables. En revanche quand nous marchions dans la rue, je n'osais affronter le regard des autres. Immanquablement les gens, parfois les femmes, surtout les hommes qui la croisaient, ne pouvaient détacher leur regard de cette offrande qui débordait. Pire, certains – je m'amusais à pister leurs manigances –, après nous avoir croisés, changeaient de trottoir pour revenir sur leurs pas et avoir le loisir d'affronter à nouveau le merveilleux, comme un deuxième tour de manège. Alors je baissais la tête, encore. Presque honteux de tant de convoitise, et d'être l'heureux élu qui pouvait à sa guise profiter de tout cela.

Ça n'a pas duré. Je n'ai mesuré qu'après toute cette chance qui m'avait été offerte et dont je n'avais sûrement pas encore assez joui. Ce n'était plus un ange, c'était le diable. Pendant les chaudes nuits d'été, alors qu'elle dormait, nue, allongée près de moi, sans paréo, sans rien, son petit souffle ponctué d'un adorable et léger ronflement, comme si elle murmurait des « Je suis bien », je m'amusais à titiller du bout du doigt une mamelle qui semblait me regarder avec compassion, comme on veille un enfant malade. Et ça tremblait, et ça bougeait avant de se remettre en place. On aurait dit une montgolfière qui se remplissait d'hélium toute prête à décoller. Bouleversant. Et puis elle m'a quitté. Elle m'a jeté. Le jour où elle m'a trouvé avec une autre fille dans ma tanière. Le plus drôle, c'est qu'elle a mis un long moment à découvrir le corps nu et apeuré d'une femme d'un certain âge très alcoolisée elle aussi. Enroulée et terrorisée au coin de l'armoire, derrière des cartons et des coussins érigés comme un mur de Berlin. J'ai eu beau pleurer que je ne savais pas qui était cette intruse, et en un sens c'était vrai, elle est partie, pour toujours cette fois. Je dis elle car je ne me souviens plus de son prénom.

Avec le recul, je n'ai pas vraiment souffert. Je n'étais pas amoureux d'elle. Après une longue conversation avec moi-même et un double Jack Daniel's dans le bar en bas de la rue, j'ai découvert que j'étais tout simplement raide dingue de son invraisemblable poitrine. J'ai ramené ça à ma petite enfance. Je n'avais pu téter comme les autres. Peut-être aujourd'hui m'en fallait-il plus que les autres…

Et puis dix ans après – DIX ANS ! – elle m'a rappelé. Au bout du fil, sa voix comme un fantôme. Elle devait m'annoncer quelque chose de très important. DIX ANS !! Nous avons convenu de dîner ensemble. En me coiffant devant le miroir ce soir-là et en essayant de masquer comme d'habitude ce que je pouvais de ma calvitie, avec la ruse de celui qui rabat le mieux possible une mèche sur son front dégarni, j'ai pensé aux seins gigantesques. Dix années de disette. Je bandais presque. Un adolescent qui vient de voler une revue pour adultes dans un kiosque et qui court se réfugier dans sa chambre.

Nous dînions sans trop rien dire de vrai.

– Tu es toujours aussi belle.

– Tu es toujours aussi menteur.

C'était vrai. Si ça débordait toujours comme dans mes souvenirs, ils paraissaient moins provocants, moins sauvages. Je les regardais comme deux amis retrouvés avec lesquels j'aurais bien encore passé une nuit de débauche.

– C'est mieux n'est-ce pas ? Le chirurgien a fait du bon boulot, il m'en a ôté pas mal. Et puis mon nez aussi, t'en dis quoi ?

C'est au dessert qu'elle me l'a craché :

– Je ne veux pas te faire de mal, le moins possible, mais voilà je te quitte…

DIX ANS !!! Elle semblait triste et même bouleversée, comme si elle m'annonçait la mort de ma grand-mère enterrée il y avait plus de vingt ans.

J'ai baissé des yeux battus. J'étais le meilleur. J'ai pris ma tête dans mes mains.

– Non, non, mon amour, pourquoi ?

Alors elle m'a caressé les cheveux et me l'a avoué dans les yeux :

– C'est mieux comme ça.

Et puis elle s'est détournée pour s'épargner ma douleur. Je l'ai regardée se lever de table. Je l'ai regardée partir dans la nuit. Je suis sûr qu'il lui avait raboté les fesses aussi.

Paula, ma Paula… Parfois on se donnait des rendez-vous très romantiques. Il fallait se creuser la tête pour s'écrire des petits billets doux. Une fois j'ai même confectionné une vraie carte au trésor avec des indices et des devinettes. J'ai brûlé le tour de la feuille. Si, si. Alors on se retrouvait à la pizzeria en bas de la rue et on finissait à l'hôtel tout près de la maison, toujours le même. On se séparait au petit matin, épuisés, heureux. Je travaillais pour deux. J'étais la femme, parfois même plusieurs. Et puis l'homme, un peu. Un bouquet de fleurs volées chez le voisin encore, toujours plus beau, l'attendait chez elle, chez nous. Notre histoire roulait, je voulais qu'elle roule.

Lors d'un de ces repas d'amoureux, au dessert elle m'a lancé sa flèche empoisonnée :

– Chéri, vivons ensemble pour de bon. Et si on se mariait ?

J'ai cru que mon corps se cassait en deux. Tout brûlait partout à l'intérieur. D'un coup j'ai vu mes chaussettes et mes caleçons endormis côte à côte dans une armoire parfumée. J'ai vu mon visage vieillir et mes rides se creuser dans le miroir d'un carrelage étincelant. J'ai vu toutes ces saisons de championnat défiler dans mon dos. Et puis toutes ces remarques sur mon hygiène de vie, ma façon d'être, ma négligence maladive : « Tu as deux mains gauches ! » Alors j'ai entendu les cris et les assiettes se fracasser sur le sol. Le déchirement inévitable et le chaos avant le terrifiant calme plat de la solitude retrouvée. Quand la tempête est terminée et qu'on relève la tête, hagard. J'ai eu peur. Je l'ai regardée tendrement et j'ai enveloppé ses doigts avec mes doigts.

– Je t'aime, ma chérie, ne nous quittons plus.

Un jour son docteur, un vieil homme qui la suivait depuis sa sortie de prison, m'a convoqué dans son cabinet. Il devait me parler à moi, et moi seul.

– Je n'irai pas par quatre chemins, m'a-t-il lancé en me fixant droit dans les yeux. Si vous ne faites pas immédiatement soigner votre amie, vous courez à la catastrophe. Elle dérape dangereusement sur les pentes abruptes et savonneuses de la folie. C'est elle ou vous ! Partez ! Partez loin !

Il ne souriait pas mais il arborait le regard fier du type qui a réussi à placer magistralement sa phrase toute faite. Comme celui qui annonce : « Échec. » Les hommes sont fous et quand tout se casse la gueule, ce sont eux qui traitent les femmes de putes ou de folles. Je savais bien tout ça.

– En un mot ? lui ai-je demandé.

– En un mot votre femme est dingue. Dangereusement dingue. Je peux vous aider à la faire enfermer !

Je lui ai balancé à travers la gueule le seul livre que j'ai trouvé sur son bureau. Je crois que c'était un dictionnaire des maladies.

Paula nous a préparé un excellent repas. Je me suis occupé d'allumer une belle flambée. Je savais que Paula adorait les grands feux. J'avais prévu quelques grosses bûches qui devraient suffire pour toute la veillée. Nous n'avons pas dit grand-chose. Je savais qu'elle était heureuse. Elle s'est laissé lécher le bout des pieds un long moment par la plus grande des flammes, qui se hasardait comme un serpent qui écoute aux portes. Quand elle a eu trop chaud elle a reposé ses jambes au sol et s'est retournée pour s'assurer que j'étais bien là, près d'elle. Je serai toujours là près de toi, j'ai pensé.

– Mon amour, je dois le faire, elle a dit. Mon amour.

Je n'ai confiance qu'en toi en ce laid monde. Je n'en peux plus, je ne pense plus qu'à ça, ça me mord les tripes. Je n'aimerai jamais que toi mais je dois essayer, tu dois m'aider.

Paula m'a agrippé le bras. Je n'ai pas réagi. En un sens, plus rien ne m'étonnait trop. Plus rien ne me faisait plus peur. Je ne te perdrai pas, mon amour. Elle a relevé la manche de ma chemise. Elle a relevé la manche de sa robe. Elle a saisi le couteau. Elle s'est d'abord taillé le dessus du poignet, pas le côté réservé au suicide, et puis elle a fait pareil au mien. Je ne sentais plus rien. Une à une les gouttes de sang glissaient de nos bras pour se mélanger sur le sol comme dans une grande salle de bal qui se remplirait de ses invités enroulés chacun dans une grande cape rouge. Paula a posé le dos de son poignet sur le dos du mien. Une éternité. Nous sommes restés comme ça, collés par le sang, unis pour la vie.

– Je n'aimerai plus jamais que toi.

Paula n'était pas malade, j'en étais sûr. D'ailleurs elle n'avait jamais pensé réellement à mourir, j'en étais persuadé. Je connaissais les images qui tapissaient son esprit libre d'enfant. Paula était l'ange, un autre ange. Paula était pure. Ça pouvait faire peur aux gens. En d'autres temps on aurait pu la brûler. Paula était si pure. Puis vouloir mourir d'amour, c'est accepter qu'une vie sans amour ne sert à rien. Il n'y a plus rien à faire quand le cœur est brûlé. Je sauverais Paula !

Ma mission était claire, presque simple. Je voulais trouver une femme pour ma femme. Et pourquoi devais-je le faire ? Parce que je l'aimais. Plus que ma vie. De toute façon nous ne faisions plus l'amour. Paula s'était arrêtée un soir. Peut-être que les histoires que je lui racontais manquaient cruellement de conviction. Elle m'avait supplié de dormir sur le canapé du salon. Au milieu d'une nuit je me suis présenté sur le seuil de notre chambre vêtu seulement d'une de ses nuisettes roses. Elle n'a pas dit un mot quand je me suis glissé près d'elle. Et puis, « Merci », elle a fait. Au bout d'une demi-heure elle a rallumé la lumière, comme un éclair.

– L'odeur du mâle est insupportable ! J'ai lu que vous sécrétiez des hormones bien à vous, ça doit être ça.

Elle a foncé dans la salle de bain et m'a rapporté une de ses huiles essentielles.

– Essaie ça, elle a fait.

Je voulais dormir dans notre lit. Je voulais rester tout près de mon amour. Je me suis badigeonné le corps tout entier. J'aurais plongé dans une piscine de merde. Cette nuit-là Paula et les moustiques m'ont laissé tranquille.

Je suis allé voir le match en bas de la rue. J'ai traîné un petit peu après. Je ne parlais pas vraiment aux autres mais j'écoutais. J'ai toujours aimé les types qui s'y connaissent en tout mieux que les autres. Je les écoute attentivement. Je sais les écouter. D'autres se lasseraient vite, moi je reste. En général, je reste jusqu'à remplir la coupe jusqu'au plus profond de moi. Alors j'imagine leur femme, leur maison, leurs mômes. Et quand le tableau de la misère est totalement achevé dans ma misérable tête de pervers, je les laisse là, tout seuls.

– Je crois que vous avez raison.

Nous avions changé d'heure depuis la veille. Nous subissions désormais l'horaire de l'hiver. Quand je suis rentré vers dix-huit heures, le soleil plongeait déjà dangereusement. Et puis la nuit est tombée, lourde, comme un gros livre d'une étagère. Je n'ai d'abord rien remarqué. J'ai omis d'allumer la lumière pour me précipiter directement sur le frigo et j'ai englouti une tranche de salami.

Paula n'était pas là. J'ai allumé la télévision. Je ne me suis pas affolé tout de suite. À la lueur des images, j'ai pu distinguer des arabesques étranges sur les murs, tout autour. Comme des inscriptions préhistoriques vieilles de plusieurs centaines de milliers d'années. J'ai pensé aux peintures rupestres des grottes de Lascaux.

– Putain merde ! j'ai fait.

J'ai sauté sur l'interrupteur, peut-être trop vite. L'ampoule a claqué, comme des doigts.

– Putain merde ! j'ai fait.

J'ai cherché partout une ampoule de rechange mais on ne pense pas toujours à prévoir ces choses-là.

– Putain merde !

Alors j'ai reniflé le mur et j'ai gratté une allumette. Il m'a fallu la moitié de la boîte pour déchiffrer le message.

Sur chacun des quatre murs du salon étaient inscrits en rouge ces quatre mots : PAULA, TU ES BELLE.

– Putain merde !

Quand elle est rentrée ce soir-là, j'étais déjà couché. Je lisais une revue dédiée au bridge. Il faudrait qu'un jour j'apprenne à jouer à ce jeu. J'ai entendu un cri de surprise. Elle a foncé dans la chambre comme un obus dans une toiture et a plongé sous les couvertures.

– Est-ce que tu m'aimes ?

– Oui je t'aime.

– M'aimeras-tu toujours ?

Elle semblait apeurée. Je l'ai enveloppée de mes ailes rassurantes. Ses yeux étaient les yeux du chien mouillé dans la publicité de la SPA.

– Paula, je suis ton homme pour la vie. Je suis accroché à toi comme le sont les étoiles au ciel la plus belle nuit du plus bel été.

Son visage s'est illuminé. D'un coup. Elle a éclaboussé la pièce d'un sourire irréel. Elle a collé son petit museau dans mon cou. Paula a ronronné paisiblement, comme ça, avant de s'endormir. Je sentais sa respiration soufflée sur ma peau, et c'était délicieux. Doucement, je l'ai déshabillée et j'ai glissé son corps au fond des draps. Je l'ai longuement observée.

– Paula, tu es belle.

Elle ne m'entendait plus. Je me suis éclipsé sur la pointe des pieds et j'ai regagné le salon afin d'inspecter les dégâts. J'ai appuyé sur l'interrupteur.

– Putain merde ! j'ai fait.

C'était maintenant la lune qui m'aidait à lire les mots sur les murs. Bah, j'ai pensé, un coup de pinceau et ce sera comme neuf. Je me suis affalé dans un fauteuil et j'ai observé le plus loin possible : la nuit, la lune. J'ai repensé aux mots du docteur. J'ai repensé à toutes les crises de nerfs. À tous les objets destinés à me fracasser le crâne que j'avais réussi à éviter. Et puis j'ai repensé au soir où je l'avais cherchée partout et retrouvée, elle dansait sous la pluie, à moitié nue, sur le toit d'un autobus. Quand elle m'avait reconnu, elle était venue se blottir contre moi comme un petit oiseau. Elle tremblotait de froid. Elle avait de la fièvre. Je l'avais ramenée à la maison. Alors, elle m'avait dit que c'était elle qui avait fait tomber la pluie. Elle avait dansé longtemps, longtemps… et la pluie s'était mise à tomber, comme ça. Elle en était si sûre.

Je suis retourné jusqu'à la chambre. Paula dormait à poings fermés. Doucement je suis sorti dans le jardin et j'ai enjambé à nouveau la haie du voisin. J'ai souri quand j'ai découvert à mes pieds le tapis de roses d'hiver, qui se déroulait à l'infini comme une étourdissante langue rouge foncé.

J'ai cueilli les plus belles. Je jure que j'ai choisi les plus belles !

Seule la nuit pouvait me surprendre, nous étions complices. J'ai déposé le bouquet près du visage de Paula. Elle avait ce regard d'ange. Perdu. Sûr, le rêve était beau. Demain, elle serait heureuse, mon ange serait heureux…

Ça m'apaisait. Ça me plaisait. Ça me guérissait. J'ai essayé de faire au mieux. Imaginer les choses les plus belles, faire du bien et apporter un souffle de bonheur à Paula. Je voulais faire disparaître les terribles images qui passaient par sa jolie tête et la rendaient si triste. Sans la prévenir.

J'étais une femme ? Un homme ? Et alors ? Elle m'avait déjà parlé de présences comme si des morts revenaient la nuit lui parler, l'agripper par les pieds. Une autre nuit de terreur où elle hurlait à mes côtés, les yeux révulsés, on ne voyait plus que ses pupilles blanches dans la nuit, j'avais eu si peur. Elle était comme clouée. Impossible à décoller du lit. Une force plus forte que mes deux bras la retenait jusqu'à lui couper le souffle. Un énorme poids sur sa poitrine. Et tout était retombé d'un coup. L'autre nous laissait enfin tranquilles. Nous avons parlé longuement de tout cela. Après coup. Elle m'a raconté l'histoire de cet homme qui l'avait dévisagée un soir, dans le métro, et suivie jusqu'à la porte de sa maison. Puis il s'était signé et avait fui, disparu dans la nuit. Paula se sentait habitée par quelque chose, parfois guidée.

Quand elle m'avait vu assis sur le tabouret de ce bar miteux, qu'elle m'avait abordé, elle avait reconnu quelque chose en moi. J'avais moi aussi la magie, elle disait. Tout cela me laissait perplexe mais j'acquiesçais à tout. J'étais d'accord. Je ne voulais froisser personne et surtout ne pas réveiller les fantômes de la maison.

En réfléchissant à quelle chanson choisir, « Two Shots of Happy, One Shot of Sad » de Nancy Sinatra, ou « Love Letter » de Nick Cave, j'ai placé les bougies pour tracer un chemin. Un sentier merveilleux qui nous conduirait de la porte d'entrée jusqu'au lit. J'ai effeuillé soigneusement les hellébores encore volées chez le voisin. J'étais de moins en moins discret et me servais à présent comme dans mon propre jardin. Il me devait bien ça. J'ai tapissé de pétales de la tête aux pieds le dessus-de-lit qui aurait maintenant pu appartenir à la Belle au bois dormant. J'ai guetté son arrivée et j'ai, au dernier moment, allumé les bougies dans le couloir. Une bouteille de champagne à la main, je suis allé la rejoindre dans la rue, en sautillant et en fredonnant Shakespeare. Paula a souri. Paula rigolait. Mon vieil ami trouvait toujours sa place dans ces moments-là. Une arrivée triomphale !

– Qu'est-ce qui t'arrive ? elle m'a dit.

Je l'ai soulevée comme une mariée qui va découvrir sa nouvelle maison. Une plume. J'ai poussé la porte du pied puis j'ai emprunté la voie royale, guidé par les cierges de l'amour et la voix de Nancy, belle, fragile, comme un lumignon. Paula ne riait plus. Elle semblait bouleversée, agitée, presque gênée. Comme si quelqu'un venait d'éteindre sa lumière d'un coup.

– Pose-moi, pose-moi tout de suite, pose-moi je t'en supplie. Repose-moi à terre, sale fils de pute ! Lépreux ! Va te faire mettre par tous tes morts !

Elle boxait maintenant mon dos. Déséquilibré, j'ai titubé, et c'est là que mon pantalon a léché la flamme. J'ai pris feu. Paula hurlait. Elle a attrapé la couverture devant la cheminée et m'a sauté dessus pour m'éteindre. Elle hurlait encore. Rapidement, l'incendie a été maîtrisé mais Paula continuait à m'étouffer avec la couverture bleue et me tapait de plus en plus fort sur la tête. Et puis ses petites mains sont venues autour de mon cou pour le serrer de plus en plus fort.

Elle s'est mise à hurler encore :

– Sale fils de pute !!!

– Arrête, mais arrête, qu'est-ce qui te prend ?

– Ta gueule, salaud, ta gueule, je vais te tuer ! Je sais que tu as à voir avec tout ça, espèce d'enculé ! Tu parles avec eux, vous voulez me tuer, fils de moine !

– Arrête, mais arrête ! Lâche-moi, tu me fais mal ! Je ne respire plus ! Je t'aime !

Alors j'ai entendu les pas derrière moi et puis plus rien.

Quand je me suis réveillé, j'avais horriblement mal.

Une souffrance. La mâchoire d'un loup serrait l'arrière de mon crâne. On avait dû me fendre en deux. J'étais peut-être même mort. Au fond, j'ai pensé, si ça s'arrête là, j'ai raté ma vie. J'ai levé les yeux et tout m'est revenu. Paula était là, devant moi, recroquevillée dans un fauteuil. Elle blottissait contre elle le nounours qui ne l'avait jamais quittée depuis son deuxième anniversaire. Elle sanglotait. L'odeur ? Un mélange de cire et de poulet grillé. Ça fait ça quand des poils prennent feu. Je lui ai pris sa menotte qui tremblotait et je l'ai avec maladresse goulûment embrassée en remontant jusqu'au coude.

– Qu'est-ce que j'ai fait, pardon, pardon !

Elle tenait sa robe verte dans ses doigts fragiles, ma préférée, toute déchirée. Son œil gauche avait fini de gonfler.

– Pardon, pardon !

J'étais maintenant le chien mort à ses pieds.

– Pardon, pardon, qu'est-ce que j'ai fait ?

J'ai porté la mariée abîmée jusque sur le lit couvert des pétales de l'hiver.

– Regarde ! regarde ! elle a fait.

Dans sa main gauche, elle tenait un dessin d'enfant. C'était un arbre tout vert. Avec une pomme rouge, une seule, au cœur des branches. Sous le dessin étaient écrits ces mots sans une faute : « J'offre cette pomme à ma maîtresse adorée. Bon anniversaire. »

Paula reniflait, elle souriait. Elle souriait, elle reniflait.

Je ne sais plus. Un soleil qui éclaire un orage. J'étais bouleversé.

– Comment tu trouves ? a balbutié Paula avec une voix de petite fille.

J'étais anéanti.

Le lendemain, le voisin est venu s'excuser de m'avoir fendu le crâne. Je l'ai d'abord senti sur ses gardes quand j'ai ouvert dans ma petite culotte rose. Il a tout de suite regardé derrière mon épaule pour voir si aucun cadavre ne gisait sur le sol.

–Vous aviez la folie dans les yeux, vous l'auriez massacrée, je vous assure.

Je l'ai remercié de ne pas m'avoir tué.

– Vous devez être très malheureux, m'a-t-il lancé, en fixant mon entrejambe comme on regarde passer un enterrement et en refermant lui-même la porte.

Lundi 18 novembre

Maman, je suis perdu. J'ai besoin de te parler. Où que tu sois, maman. Je me promène toute la journée en petite culotte rose. C'est presque douloureux. Parfois c'est dans une espèce de robe de nuit qui s'arrête au ras des fesses. Le voisin qui nous espionnait encore m'a surpris dans cette petite tenue, en train de faire la vaisselle. Je crois que je l'inquiète. Il a tiré très fort sur les rideaux et je n'ai pu m'empêcher de rire, de hurler de rire, en regardant cette chose vivante sous la robe de ma chérie. Je pense que je finirai un jour par l'achever, le vieillard. Je me suis allongé et toutes ces images de l'adolescence me sont revenues. Un cafard terrible. Quelque chose m'a tordu le ventre, maman. J'ai repensé à papa qui buvait trop quand tu es partie, maman. J'étais sûr de devenir quelqu'un de bien. J'en étais si sûr, maman. Trouver une belle femme intelligente, lui donner de beaux enfants. Maman, je pleure. Je sais que le maquillage doit s'étaler sous mes yeux mais qu'importe, ça fait du bien de pleurer. Je sais, je pleure tout le temps, sauf quand j'épluche un oignon. Qu'est-ce qu'il y a dans le cœur d'un oignon ? De toute façon, j'aurai le temps de me faire belle avant le retour de Paula. Ce soir, je lui réserve une jolie surprise, maman. Je vais m'épiler entièrement le corps. Et puis je parlerai moins fort, la voix moins grave. Une petite fille. J'ai cinquante ans, un bel âge pour muer à nouveau, maman, tu ne crois pas ?

Cette seule pensée m'a fait rire à nouveau, un rire méchant, sauvage, incontrôlé, inarrêtable. J'ai attrapé une revue cachée sous notre lit et je me suis caressé, longuement. Longtemps. J'étais un homme, encore.

Mardi 19 novembre

Il faut bien s'y faire, je ne peux pas sortir comme ça. Je n'allume plus la télé. Je n'écoute plus de musique, maman. Je connais chaque recoin de chaque pièce de la maison par cœur. Quand je dis par cœur, c'est par cœur, maman. Je ne te mentirais pas, tu le sais. Je me promène à quatre pattes et je furète dans chaque cachette de cette foutue maison. Je m'imprègne de chaque endroit. Je suis cette maison, maman ! J'inspecte chacun des carreaux du carrelage. Je veux connaître sa plus profonde intimité. Chaque centimètre carré. Tu te souviens, quand j'étais gamin, je passais le plus clair de mon temps à quatre pattes.

Je suivais Tecky, notre chien, pour bouffer les crottes qu'il essayait de cacher dans le jardin. Je me suis complètement déréglé. Ha ha ! On m'a dit que ça aurait pu être très grave, tu te souviens, maman ?

Samedi 23 novembre

Le samedi est notre jour de sortie ; nous allons marcher avec Paula du côté des Abbesses. J'ai besoin de renifler mon petit manège, encore. Paula applaudit comme une folle, près des vraies mamans, quand un enfant attrape le pompon. Tonio a encore changé, il se débrouille pas mal du tout celui-là. Ma chérie accepte de me voir porter des pantalons mais elle veut savoir que j'ai une petite culotte dessous.

– Enlève tout, je veux savoir.

– Quoi, ici, comme ça ?

– Allez, ne fais pas l'enfant, personne ne peut nous voir. Je veux voir tes petites fesses blanches dans le vent. Je veux voir le tissu dans la raie de ton petit cul. Je veux savoir si tu ne me désobéis pas en cachette. Je veux savoir si tu m'aimes.

Nous nous cachons derrière les poubelles, tout près du manège. Je baisse mon pantalon jusqu'aux chevilles, je n'ai pas menti – je ne mens pas, maman, tu le sais : une culotte rouge de Paula. Une toute petite culotte rouge qui me fait mal. Le spectacle est sûrement ridicule mais ma chérie a l'air ravie. Elle avance sa petite menotte et doucement presse la coquille de tissu. Elle tire sur l'élastique et inspecte à l'intérieur, comme on le faisait à la visite médicale de primaire. Je pense qu'elle préférerait ne rien trouver là-dedans. Elle m'attrape le sexe à demi tendu du bout des doigts. C'est bizarre. On dirait qu'elle tient une chose mi à moi, mi à elle.

– Crois-tu que j'aurai envie de remanger ça un jour ? elle me dit, à moitié dégoûtée.

– Sache que j'y pense à chaque instant.

Quelqu'un arrive. J'ai juste le temps de tout ranger. Sur le chemin du retour, Paula renifle ses doigts comme un petit chien et ça me gêne terriblement.

– Je n'aime pas cette odeur.
Je réponds :
– Je sais.
Maman…

Dimanche 24 novembre

Notre cuisine donne directement sur le salon du voisin. Ça me gêne maintenant de préparer le dîner avec ce tablier qui ne masque même pas mes fesses. Je le dis à Paula.
– Alors, je préfère que tu me laisses faire, répond-elle, ce n'est pas un travail d'homme.
Sa voix est méchante. Sur la table, elle m'a laissé mon nouveau maquillage. Je pense que le petit flacon doit servir à peindre les ongles. J'ai du mal à imaginer mon amour au milieu de ses élèves. J'espère qu'elle ne leur parle pas de moi. Alors elle me l'annonce :
– J'ai invité une amie de travail à dîner, vendredi. Tu verras, elle est super, c'est la bibliothécaire. Elle désire à tout prix te connaître. Elle sait déjà pas mal de choses sur toi.
– Pas mal de choses ?
– À peu près tout. Ça l'intrigue terriblement.
Paula m'enlace amoureusement. Elle presse doucement, puis très fort ses hanches sur ma queue comprimée dans quelque chose comme un string. Je bande.

– Chérie, je ne pense pas que ce soit une bonne idée qu'elle me voie au milieu de notre petit jeu.

Elle martèle à petits coups de fesses réguliers mon sexe complètement tendu, complètement sorti. Ses fesses gigotent. Il y a si longtemps…

– Je suis sûre que c'est une bonne idée.

Elle ouvre son chemisier. Ses seins magnifiques. Elle plaque mon truc contre son ventre. Pas dans elle. Contre son ventre. Je crie. Je viens.

Elle s'échappe. Je me sens rougir. Les tempes qui tamponnent mon cerveau.

– En plus, elle n'est vraiment pas mal, me crie-t-elle depuis la salle de bain.

L'ombre du voisin encore dessinée par les stores baissés.

– Nous allons lui sortir le grand jeu !

Vendredi. Une inconnue. À la maison. Et mes habits de femme. Maman…

– Bah, c'est dégueulasse, me crie Paula du fond de la salle de bain.

Mercredi 27 novembre

Il faut que je parte, maman. Il faut que tu m'aides. J'ai besoin de toi. Cette nuit je suis allé sur des sites spécialisés pour les gens qui veulent changer de sexe. Je n'ai plus envie de ce truc qui pend entre mes jambes. Je ne suis plus un homme. Je veux être pleinement, entièrement, tragiquement la femme de Paula. Mais non qu'est-ce que je raconte, je ne dois pas le faire ! Non, je ne dois pas le faire. Est-ce que je dois me jeter par la fenêtre ? Paula a raison : je glisse, maman. Est-ce que je deviens fou ? Et toutes ces voix, maman. Paula a raison : j'ai quelque chose à voir avec tout ça. Est-ce que ce sont nos morts qui nous parlent ? Aide-moi, je dois partir. Dis-moi quelque chose, mon ange, ma maman.

Sur le rebord de la fenêtre un petit oiseau s'est posé sans peur. Il a picoré le reste de la cire de bougie encore collée sur la soucoupe de la tasse. Il m'a regardé pleurer. Et puis il s'est envolé. Je me suis levé. Je ne pleurais plus. J'ai ramassé la plume.

Vendredi 29 novembre

On sonne. Elle entre et m'embrasse directement sur la bouche.

– Appelle-moi Suzy, mon chou !

Elle n'est pas belle mais ses rondeurs, ses lunettes, enfin je veux dire les deux en même temps, c'est quelque chose. Vulgaire. Je les entends rire dans la cuisine.

J'ai rarement vu Paula si joyeuse. Ça me rend presque jaloux, triste en tout cas. Elles se servent deux tequilas qu'elles descendent vite, et puis deux autres. Quand elles sucent le citron et lèchent le sel sur le dos de leur main, oui c'est vulgaire. La langue de ma Paula s'enfonce bien profond dans la bouche de l'autre. Elles sont vautrées sur la table de la cuisine. Je n'existe plus. La jupe de Suzy remonte bien haut sur ses cuisses charnues. Paula empoigne ses seins. Et puis Paula passe sa tête sous le pull de son amie. Elle tète une mamelle, une énorme mamelle. C'est là que l'autre me fixe sans gêne, fière. Cette femme est le diable, maman.

– Allez, approche, viens voir comment se débrouille ta petite femme.

Alors je suis parti. J'ai serré la plume blanche dans ma poche jusqu'à la broyer.

– Monsieur, monsieur !

Le voisin m'a appelé depuis le pas de sa porte.

– L'autre nuit quand vous avez pris les fleurs, ce livre est tombé de votre poche. Vous partez, monsieur, je sais que vous partez. Adieu, monsieur, c'est mieux que vous partiez.

J'ai regardé Shakespeare comme un vieil ami qui ne me quittera jamais.

– Merci, monsieur, pardon pour tout ça.

J'ai marché dans la nuit aux rares étoiles comme un cheval perdu qui cherche un point d'eau les yeux bandés.

Être un escargot. Ne plus avoir à toucher quelqu'un, ne plus avoir à faire semblant.

Je suis retourné sur mon banc en face de chez Roberta. Le banc de mon petit Prince. Dans l'espoir d'y retrouver quelqu'un ou quelque chose à quoi m'accrocher. Je ne savais plus. Alec, nous avions six ans, nous avions fait ce pacte, ne plus nous quitter jusqu'au bout. Ensemble affronter les batailles de la vie. Alec, tu me manques, Alec, où es-tu ? Alec, n'entends-tu pas ton petit Bruno qui ne va pas bien ? Et ce ciel si noir comme avant une averse. Je voulais que tout s'arrête, je voulais ne jamais devenir vieux. Je voulais ma maman. Je voulais revenir en arrière, quarante, trente, vingt, quinze. On aurait quinze ans. Tourner les aiguilles à l'envers et puis tout faire exploser pour que la machine s'arrête enfin, pour toujours. Le petit village de Fillols, le bal sur la place, la musique qui monte et nos cœurs qui battent fort et vite. Nous enfuir dans la nuit chaude et aller nous embrasser loin des autres. On peut encore entendre la musique là-bas, se remplir d'amour pour toute la vie à venir. Alec, tu avais promis, j'avais promis, n'est-il pas l'heure ? Viens me chercher et allons main dans la main sauter dans le grand vide. Nous devions tout faire ensemble, jusqu'à la mort. Qu'on me crève les yeux pour ne plus voir, qu'on m'arrache la langue pour ne plus me plaindre. Alec, viens, reviens vite, je t'attends.

Une petite main ferme a secoué mon épaule. J'étais assoupi depuis…

– Salut, toi. Je savais que tu reviendrais. Tiens, c'est pour toi !

Prince m'a tendu comme la première fois un gros sandwich bien garni. Du jambon, du fromage, des cornichons.

– Je t'ai vu arriver de tout là-haut.

Prince m'a montré du doigt la fenêtre de l'immeuble où le même drap blanc pendait encore comme un jour qui recommence. On s'est tapé dans la main.

– Je suppose qu'il n'y a pas école non plus aujourd'hui.

– J'ai décidé de ne plus perdre mon temps avec des enfants de mon âge. Et puis maman a besoin de moi. Elle est allée passer des examens à l'hôpital et depuis elle n'arrête pas de pleurer.

– Elle t'a dit quelque chose ?

– Non mais ce n'est pas normal ce qu'il se passe. Pas un homme n'est venu la voir depuis quelque temps et elle répète qu'elle m'aime et qu'elle m'aimera toujours, à tout bout de champ. Je ne peux pas faire deux pas dans l'appartement sans qu'elle me serre dans ses bras et qu'elle fonde.

Là c'est moi qui ai reniflé et mes yeux se sont embués.

– C'est impressionnant, tu t'y mets toi aussi ! Les adultes, vous êtes de vraies machines à pleurer pour pas grand-chose ! Viens avec moi, ma mère meurt d'envie de te rencontrer. C'est la première fois que je lui parle d'un ami, d'un vrai. Elle est très intriguée. Je n'ai pas d'amis dans cette vie. Les seuls qui m'intéressent et que j'intéresse sont ceux que j'invente dans ma tête. Des vrais, des fidèles. Avec eux j'ai déjà fait le tour du monde plusieurs fois.

En secouant la tête il a pointé du doigt la haute tour comme s'il montrait quelque chose qu'il ne pourrait jamais aimer. J'ai suivi Prince comme un petit chien, en reniflant mes larmes. J'aurais suivi n'importe qui.

– S'il te plaît ne pleure pas, je ne pourrais pas m'occuper de deux adultes tristes. Pas possible.

C'était un tout petit appartement. J'ai vite compris ce que voulait me dire mon jeune ami quand il évoquait son ancienne maison. La nature et la liberté lui manquaient à crever. La maison était silencieuse. Seulement le bruit d'un petit moteur, un ronronnement qui provenait du salon.

– Elle s'est endormie sur le canapé. Elle est très fatiguée en ce moment. Elle dort presque tout le temps.

Ses yeux toujours aussi grands, même fermés, semblaient toujours animés de cette même flamme sombre. Même catapultée par le regret qu'on nomme le passé, Fabienne était toujours aussi belle. Même si elle était malade, le premier mot qui a traversé, affolé, mon esprit est le mot « fleur ». Allongée sur le canapé, elle m'a tout de suite fait penser à la Belle au bois dormant, endormie pour l'éternité. Ma Fabienne, une vie loin de toi, à te rêver si souvent. J'ai cru être amoureux parfois. J'ai vécu des victoires et puis toutes ces défaites mais, je le jure sur la tête de notre petit Prince, je n'ai aimé qu'une seule fois. Je n'ai jamais été foudroyé depuis. Cet instant où tu t'es retournée, le jour de la rentrée au lycée, dans cette classe d'espagnol, et que tu m'as offert ce regard presque irréel, tragique, qui a tout éteint tout autour. Je le jure, il y avait du violet dans tes yeux. Il n'y avait que nous. Toutes ces années à tituber dans ce désert que l'on nomme l'existence. À cet instant je le savais encore plus, c'était toi la femme de ma vie. Je me suis écroulé devant le canapé, à genoux devant mon amoureuse. Au diable les années ! J'ai emprisonné la menotte de mon adorée dans mes vieilles mains usées. Fallait-il l'embrasser pour lui redonner la vie ? J'ai fait ce que je savais faire le mieux. J'ai pleuré dans ses doigts, doucement et puis plus fort.

– Non, ça ne va pas recommencer !

Prince tournait autour de nous sans trop savoir que faire. Alors Fabienne a ouvert les yeux, doucement, comme un petit oiseau malade. Ses yeux vert-violet toujours fuyant vers la lumière. Les mêmes. Fabienne, sans remuer ni son petit corps ni sa tête, a souri. Juste souri. Alors quarante, trente, vingt, quinze... Les aiguilles ont tourné à une allure folle à l'envers et mon cœur et mon corps sont devenus tout légers, comme si toutes les blessures de toutes mes guerres se refermaient d'un coup. C'était maintenant sa voix que je reconnaissais. Sa voix de petite fille enrhumée. Je l'aurais reconnue entre mille. Je ne rêvais pas. Nous avions quinze ans.

– Bruno ?

Prince a rapidement brisé le silence qui a suivi :

– Tu le connais, maman ?

Elle a souri encore et encore plus jusqu'à se déchirer le visage. J'ai vu le bonheur, un bonheur violent, et puis des larmes qui ont glissé sur la pente fatiguée des joues de mon amour depuis le repli de ses cernes. Fabienne a attrapé difficilement mon visage et l'a enfoui tendrement, comme elle a pu, dans son cou tout chaud. De l'autre main elle a agrippé son petit Prince encore étourdi par la surprise et nous avons basculé tous les trois dans cette étreinte douce. Un tas de tendresse sur le petit canapé rouge du tout petit salon. À cet instant j'ai su que la vie ne nous ferait plus de mal. Nous étions protégés, peut-être par l'armée de tous ces anges qui m'avaient guidé jusque-là. Ces anges qui ne m'ont jamais laissé tomber. Ils dansaient maintenant là-haut, au-dessus de nos têtes. Mon Dieu que l'immensité de ce silence était douce. Seulement les murmures de nos sanglots, comme des petits ruisseaux dévalant l'alpage. Nous pleurions tous les trois maintenant.

– Fabienne, la Fabienne de ton histoire, c'est ma maman ? C'est ça ?

Prince m'a fixé, les yeux rougis et la lèvre tremblante.

– J'étais fou amoureux de ta maman.

Alors Fabienne a craché ces mots, doucement, simplement, comme l'aveu d'un coupable après des années de planque :

– Mon petit homme, j'ai aimé ton père, vraiment. Sans tricher, jusqu'au bout. Je l'ai aimé de tout mon être. Avant lui j'ai aimé un homme dans mes rêves les plus fous, un homme qui a disparu un jour. Je l'ai aimé chaque jour, chaque nuit, à chaque instant. Il venait hanter mes rêves pour disparaître encore au petit matin. Cet homme m'a manqué comme ton père me manque.

– Bruce…, a fait Prince.

Doucement, simplement, j'ai aperçu la vie, l'autre vie, celle que je n'avais pas vécue. Elle passait devant moi. Au seuil de l'inconnu, est-ce que la peur nous quitte ? Tous ces enfants que j'aurais pu élever près de mon adorée. Le train est passé sur mes pieds et j'ai baissé la tête. Comme lorsque l'on surprend un sourire gêné, j'ai compris que j'avais raté une vie.

– Je ne te quitterai plus, Fabienne, je ne vous quitterai plus. Personne ne vous fera plus de mal, nous allons tout recommencer. Tout reprendre de zéro, du début. Je me sens assez fort et nous allons vivre.

Je n'avais plus prononcé de tels mots depuis… je veux dire des mots auxquels je croyais. Je n'avais jamais prononcé ces mots, en fait. J'ai ressenti la secousse de l'amour terroriste. Celui qui sans prévenir vous cueille au coin d'une rue, explose et vous arrache le cœur dans des éclaboussures de grâce. Alors c'était ça ? Ça valait donc la peine de vivre ? Je n'arrivais pas à savoir si Prince sentait lui aussi ce goût sucré dans sa bouche.

– Maman, Bruce est mon ami. Et je suis d'accord pour qu'il soit le tien à présent.

Il semblait excité.

– Bruce ?

Fabienne a réussi à sourire encore et j'ai rigolé en serrant plus fort encore ces deux êtres que j'aimerais le plus au monde. Sûr.

Se tenir la main, sans dire un mot, face à la fenêtre qui donne sur la rue, c'est se dire tout. De tout là-haut. Et puis là-bas, tout en bas, la maison aux volets bleus toujours fermés sur Roberta.

Fabienne a attendu d'être seule avec moi pour parler la première.

– J'étais anéantie quand j'ai su que tu étais parti. Je savais que tu fuguais par amour. Il n'y avait que toi pour faire ça. Tu aurais fait n'importe quoi pour l'amour. Tu parlais de l'amour comme de l'odeur des fleurs.

Toujours émerveillé. C'est aussi ça qui me plaisait chez toi. Mais ce n'était pas pour moi. C'était une autre qui avait de la chance. Et quand tu es revenu après toutes ces années... As-tu livré notre secret à quelqu'un ? Alec ? Tu lui as dit que tu étais venu me retrouver ?

Fabienne a baissé la tête.

– Je n'ai eu droit qu'à une nuit, bien sûr. Juste une nuit... J'ai adoré cette nuit.

J'ai baissé la tête à mon tour.

– Je n'ai aimé que toi. Oui, j'ai rejoint Louise en Angleterre et puis je l'ai quittée pour découvrir mon île, mon Irlande. Je la laissais pour toujours. Elle n'aurait pas pu me retenir. J'ai pris ce bateau et quand les côtes sont apparues à travers le rideau de brume, mon cœur a chaviré. C'était magique, et pourtant j'avais peur. Peur de ne plus jamais revoir Alec, Fernand, ma famille. Peur de ne plus jamais te revoir. Je devais te revoir. Te renifler encore. Quand j'ai posé le pied sur la terre ferme je me suis agenouillé et j'ai embrassé le sol. J'ai dormi dans une auberge de jeunesse à Dublin. Je touchais enfin du bout du doigt mon Graal, mais je n'ai jamais rencontré mes héros, U2 – je n'arrêtais pas de te parler de mes héros, tu te souviens ? J'ai juste flirté avec leurs anges, peut-être. Tôt ce matin-là j'ai remonté cette rue pavée, mon vieux sac rouge sur le dos. Je me souviens, il bruinait mais la lumière unique était bien là. La lumière pure, celle de la grâce, de l'innocence vraie. Tout au bout là-bas une musique qui s'échappait d'une petite échoppe. U2. Comme une main tendue. Un feu inoubliable.

– Tom est ton fils.

Glace, tes rivières solitaires gèlent
Ces lumières de la ville
Brillent comme l'argent et l'or
Creusés par la nuit
Tes yeux aussi noirs que du charbon
Marche
Continue, marche
Marche et puis cours
Et ne te retourne pas
Car je suis là

J'ai plongé mes yeux dans le profond de ceux de Fabienne.

– J'ai téléphoné chez moi, je suis tombé sur ma grande sœur, Sandra. Elle pleurait. Elle m'a supplié de rentrer à la maison. Je suis rentré. Je n'ai plus jamais revu Louise. Je n'ai aimé que toi.

Alors toute cette vie que nous n'avions pas vécue s'est déroulée là, devant nous, comme les scènes coupées et recollées de la bobine d'un vieux film.

– J'ai adoré cette nuit, moi aussi.

On ne s'est pas embrassés. C'était mieux que tout ça.

Fabienne m'a serré fort, la tête enfouie dans ma poitrine. J'ai enlacé plus fort encore son petit corps et ses os fragiles près de craquer.

– Je vais mourir bientôt. Le docteur me donne un petit peu de temps. J'ai si peur, Bruno. Je ne retournerai pas à l'hôpital.

– Bruce ! Appelle-le Bruce ! Je suis déçu, moi je n'aurais jamais quitté Louise.

Prince derrière nous fixait le sol. Il jouait avec ses mains comme s'il devait construire trop rapidement quelque chose d'invisible. Et puis il est parti se réfugier en courant dans sa chambre et le poing de la nuit s'est refermé sur nous.

Fabienne a sorti une bouteille de champagne qui n'avait plus d'âge. J'ai eu un mal fou à ôter le bouchon comme soudé par les siècles. Fabienne voulait absolument tremper ses lèvres une dernière fois dans des bulles réservées au bonheur. On s'est racontés, on a même ri, des rires tristes. Une boîte à musique au bout de son rouleau. J'ai parlé de mes aventures toutes plus claudicantes et navrantes les unes que les autres. Rien d'héroïque ni de glorieux. Je n'avais rien à inventer. En m'écoutant parler je mesurais à quel point ce que je confessais à Fabienne était bancal. Comme un gâteau trop ou pas assez cuit, j'avais l'impression de raconter la vie d'un complètement perdu et ce type que nous regardions trébucher devant nous, c'était moi. Si un peintre devait saisir ma vie en une toile, ce serait un Robinson sans courage rejeté par la mer, presque mort, sur la plage déserte et polluée… Je lui ai parlé de toutes ces érotomanes quand j'étais chanteur. Une fois j'avais même retrouvé une fille dans les toilettes de mon hôtel. Fabienne a tenu à m'avouer un secret qu'elle emprisonnait depuis tout ce temps. La première fois. Sa première fois. Celle que j'avais tant rêvée et que j'aurais aimé vivre avec elle. Elle était allée frapper à la porte du camion d'un routier, en pleine nuit, garé sur une aire d'autoroute. Elle n'avait pas prononcé le moindre mot. Il l'avait prise rapidement, trop rapidement, dans sa cabine, sous des posters de femmes nues. Elle avait eu un peu mal mais c'était fait. J'en aurais vomi.

La maison dormait à présent. Avant de fermer les yeux sur le canapé j'ai tenté de remonter les aiguilles encore et de dérouler les quelques souvenirs de tous ces moments uniques, les années lycée, les premières fois, les premiers tours de manège. Il n'y a qu'un premier tour de manège, après nous refaisons. La vie est le plus souvent mal faite. J'avais souvent voulu mourir. Je pensais que c'était la seule et dernière porte qui se présentait à moi. Et puis voilà les anges ! Et Fabienne. La maman d'un petit garçon qui allait se retrouver bientôt tout seul pour affronter le monde et ses mensonges. Condamné sans pouvoir rien y faire.

Des petits pas. Prince s'est approché dans la pénombre. Il tenait dans sa main gauche une magnifique canne à pêche. De la pointe il s'amusait maintenant à tapoter la vitre de la fenêtre à l'autre bout de la pièce. Il mimait un lancer parfait et ses yeux ne lâchaient pas le bouchon qui avait atterri à l'autre bout du lac.

– Bruce, tu viendras pêcher le gros poisson avec moi ?

– Oui, je viendrai avec toi. Va embrasser ta maman avant de te coucher. Une maman, on n'en a qu'une.

Au bout de cette nuit, je le savais, j'allais vraiment m'occuper de ma nouvelle famille. À cet instant j'aurais pu signer le pacte et faire encore une fois une promesse. Celle-là, je la tiendrais. Je venais de retrouver mon adorée et beaucoup plus. Je ne m'échapperais plus. La maladie ? J'allais faire rappliquer tous mes anges et on allait tous s'y mettre. La mort ? La mort, je t'emmerde !

– Prince, nous allons nous occuper de ta maman comme les deux hommes de la maison. Comme l'aurait fait ton père.

Fabienne dormait dans la chambre. Je me suis assis au bord du lit, j'ai emprisonné encore sa petite main et comme si j'étais nu j'ai supplié Dieu. Le poison. Que le poison la quitte. Qu'il quitte ce petit corps et qu'il vienne se battre avec moi, d'homme à homme. J'ai défié Dieu. La peur s'enfuit du ventre de ceux qui n'ont plus rien à perdre.

J'ai chargé Prince de retrouver Alec, mon Alec, notre Alec, et de le ramener au plus vite. Je le savais assez futé pour mener à bien sa mission. Aux dernières nouvelles Alec n'était pas bien loin. Je n'avais pas vraiment de plan. Je désirais que Fabienne, ma Fabienne, soit maintenant apaisée et un peu heureuse, entourée des gens qu'elle avait aimés dans une autre vie, une vie d'exaltation et d'excitation, la vie de toutes les espérances. Ce moment indicible de l'amour vertigineux. L'âge d'or de la jeunesse insolente et le monde à nos pieds. Il fallait que tout redevienne doux, comme la fin d'une tempête. Bien sûr les docteurs l'avaient déjà brûlée de l'intérieur, comme ils avaient consumé ma mère. Bien sûr les magnifiques cheveux noir de jais de mon amour tomberaient encore par poignées. Je savais tout ça. Mais je savais aussi que si Fabienne recevait plein de chaude tendresse, elle ne lâcherait pas si facilement le fil blanc. S'il y avait une chance de l'extirper des sables mouvants, je voulais la saisir. J'ai préparé un plateau-repas que j'ai déposé sans bruit tout près de sa tête. Elle n'y a pas touché.

Dans l'après-midi un type est venu sonner à la porte. C'était le costume gris avec sa mallette, un client. Il a eu l'air surpris de me voir. Je l'ai pris dans mes bras et, sans un mot, j'ai serré fort, très fort. Et puis plus fort encore. Le type s'est débattu, effrayé. Je l'emprisonnais. Il soufflait maintenant comme un bœuf sur le chemin de l'abattoir qui sait qu'il va mourir. Alors j'ai mordillé son oreille. Je savais mes yeux fous.

– Ne revenez plus jamais !

Je l'ai laissé s'enfuir et dévaler l'escalier en courant avec le visage blanc que l'on associe le plus souvent à la mort.

À la fin du jour Prince m'a appelé de tout en bas de l'immeuble, comme convenu :

– Brououousse !!!

J'ai agité le drap blanc qui pendait à la fenêtre et je les ai rejoints.

Alec n'avait pas bougé d'un pouce. Ce regard toujours rempli de toutes les tragédies, dangereux comme une lame de fond. Sans un mot il s'est levé de notre banc. On s'est toisés comme le torero face à son taureau. L'instant avant la passe ultime. Nous étions deux taureaux. On a foncé dans les bras l'un de l'autre avec une violence inouïe. Le bruit sourd du choc de nos corps comme si nous devions nous mélanger et ne plus faire qu'un. Nous ne faisions plus qu'un. Ses bras autour de moi, mes bras broyant son dos. Nous titubions dans une danse étrange. Des bruits saccadés de souffles et de gémissements de fougue trop retenue. Prince nous observait, intrigué, presque envieux. Alors nos visages, nos peaux et nos larmes si proches. Alec a fondu sur ma bouche et mangé mes lèvres avec la voracité d'un animal trop privé. Un chien à qui l'on aurait ôté sa muselière, enfin. La laisse qui lui mordait le cou depuis mille ans. Ce n'était plus un baiser mais un festin. Prince nous tournait autour en sautillant et en riant. En chantant :

– Ouh, les amoureux ! Ouh, les amoureux ! Bruce, je pensais que tu aimais les filles !

Nous rigolions tous les trois maintenant.

– J'aime l'amour. J'aime Alec. Mon ange depuis toujours et pour toujours.

Et puis Alec :

– J'aime Bruno.

– Bruce, il s'appelle Bruce !

Alors on s'est étreints tous les trois et mon ventre et mon cœur, muets depuis tout ce temps jusqu'à ne plus exister, ont lancé des flammes dans mon corps. La brûlure qu'on recherche tous et qui parfois n'arrive jamais. J'étais vivant. J'étais bien vivant ! J'allais vivre car cela valait la peine de vivre. J'ai jeté mes yeux encore ivres vers le drap blanc tout en haut de l'immeuble. Là-haut, tout là-haut, Fabienne, notre Fabienne, se mourait.

Alec n'a jamais su pourquoi son petit frère Rara avait décidé de partir à vingt ans. Un enfant. Et toute la vie pour se poser toutes ces questions en embrassant les fantômes les plus laids. Alec connaissait toutes les cathédrales, les églises, les chapelles de Paris. Il avait passé des jours entiers à errer dans la capitale à la recherche de Dieu. Il voulait savoir. Il voulait discuter avec ce type capable de vous arracher comme ça les êtres que vous aimiez le plus sur cette terre. Même s'il n'était pas plus convaincu que ça, Alec avait allumé des cierges au pied de tous les autels, pour son petit frère, mais aussi pour moi. Il avait suivi mon parcours de chanteur et puis comme les autres il avait perdu ma trace. Il n'a pas été plus étonné que ça quand je lui ai avoué que j'étais passé un temps par la case prison.

Prince a posé quelques questions. Oui, Alec aussi avait été un amoureux de sa maman, quand nous étions jeunes. Grâce à moi d'ailleurs. Oui, c'était moi qui avais jeté dans les bras l'un de l'autre ces deux êtres que j'aimais le plus au monde. Pourquoi ? Pour avoir mal, un peu plus encore, et pour fuir le bonheur comme je savais le faire. Prince a rigolé.

– Décidément, Bruce, tu es bien bizarre !

À sa manière Alec avait caressé lui aussi les ténèbres. Il avait trébuché souvent et s'était trompé au moins autant que moi. Il n'avait pas semé que le bon autour de lui mais lui aussi avait croisé ses anges. Il était près de moi aujourd'hui et nous devions nous occuper d'une fille que nous aimions tous les deux et de notre petit d'homme. S'il y avait des anges, cette fois-ci c'était bien nous.

Quand Fabienne a ouvert les yeux nous lui couvrions chacun une menotte. Chacun sur un bord du lit. Je caressais les veines encore vivantes de son poignet avec le pouce. Est-ce qu'on se rend bien compte, est-ce que l'on décompte les dernières fois où l'on ouvre les yeux jusqu'à la dernière où on les ferme pour toujours ? Prince avait tenu à nous laisser seuls. Trois solitudes. Trois avions oubliés et rouillés en bout de piste. « Je retourne à l'école leur dire que je n'y retournerai plus ! », nous avait-il lancé joyeusement avant de disparaître. À cet instant j'avais pensé à Gavroche.

Fabienne n'a pas relevé la tête. Cet effort lui coûtait beaucoup mais son sourire même fatigué racontait tout.

Alec s'est penché et a posé un baiser sur ses lèvres sèches. À mon tour j'ai embrassé les lèvres de Fabienne et j'ai vu une nouvelle fois, là, devant nous, les aiguilles tourner. Quarante, trente, vingt, quinze. On avait quinze ans. Et mon cœur trop souvent fané qui s'emballait à nouveau. Et si ça repartait ? Fabienne a délicatement et faiblement dégrafé sa chemise de nuit, fatiguée elle aussi. Deux seins encore fiers ont jailli dans l'air tiède. Je n'ai pas regardé Alec dans les yeux quand ma bouche est allée téter. Alec, doucement, a lui aussi saisi son fruit et l'a croqué à son tour. Tendrement Fabienne a caressé nos cheveux. Tendrement Fabienne était heureuse.

*

Alec, Prince et moi sommes allés frapper sans trop de conviction à la porte bleue de Roberta. Je n'y croyais plus vraiment. J'avais tenté plusieurs fois ma chance sans réponse. Cette porte semblait condamnée à jamais. Et puis elle est apparue sur le seuil, souriante. Oui, elle souriait et, honnêtement, je ne pouvais plus lui donner ses quatre-vingt-deux ans. Toutes ses années sommeillaient, les ailes repliées. Roberta semblait heureuse de me voir, éclairée par un projecteur, celui du bonheur. Elle souriait et elle ne faisait ni son âge ni aucun âge d'ailleurs.

Alors il est apparu. Il s'est avancé à son tour derrière elle et a posé les mains sur les épaules de mon amie.

Kevin. J'aurais à cet instant pu l'appeler Brad. Dans le rayon de lumière qui lui griffait le visage, Kevin ressemblait étrangement à Brad Pitt. Ma première impression se vérifiait.

– Je vous présente Kevin, mon amoureux.

Roberta a annoncé ça comme si elle nous montrait le vélo tout neuf qu'elle venait de recevoir à Noël.

– On se connaît je crois.

Kevin m'a tendu la main. Il a salué Alec et puis a passé ses doigts dans les cheveux de Prince.

– Eh bien tu vois, elle est bien vivante ton amie !

Alec rigolait. On a tous rigolé.

– Alors c'est toi Alec, a fait Roberta.

– J'ai besoin de toi, mon amie.

J'ai regardé Kevin.

– J'ai besoin de vous, c'est urgent. Il faudrait que l'on transporte sa maman, j'ai dit en montrant Prince. Elle est trop faible pour se déplacer toute seule. Nous devons la conduire à la Maison de Jésus, sur mon île d'Hydra. Roberta, je voudrais que tu aides Fabienne à faire sa toilette, je ne sais pas trop comment m'y prendre. Que tu l'aides à se préparer. Tu peux faire ça pour moi ? Tu as une voiture ?

– Bien sûr, a répondu Kevin. Mais on peut y accéder en voiture, sur votre île de Jésus ?

– C'est une île dans Paris, chez mon ami Hibou.

– Seuls les êtres en bout de course, prêts à se dévêtir de leur peau abîmée par la vie mais qui ont gardé un cœur d'enfant, pourront découvrir Hydra, a fait Alec en levant les yeux. Comme Brigadoon, peu de gens le méritent !

Roberta a fait un pas en avant.

– C'est pour nous.

J'ai hissé Fabienne sur mes épaules pour la transporter de sa chambre jusqu'à la voiture. Nous avons descendu les escaliers de l'immeuble aussi précautionneusement que possible. Je sentais sa joue posée sur mon crâne et son souffle court et chaud sur le haut de mon cou. Prince nous escortait. Il tenait la main de sa mère.

– Je te l'avais dit, maman. Mon ami est un ange et, tu verras, il n'y a plus que des anges autour de toi. Ça va aller, maman chérie.

Fabienne n'a pas répondu, elle semblait s'être endormie. La douleur l'avait laissée tranquille pour un temps. La douleur, cette marâtre éternelle qui vous mord, qui vous accompagne dès qu'une occasion se présente, trop souvent sur le dernier chemin.

Roberta fermait la marche. Elle portait une petite valise rose avec le nécessaire d'une femme qui laissait sa demeure peut-être pour toujours. Kevin et Alec nous attendaient en bas. Je ne m'étais pas trompé. Dès le premier regard j'avais trouvé chez Kevin la gentillesse des gens qui en deviennent beaux. J'étais heureux pour Roberta ou Cynthia, je ne savais plus. J'ai déposé délicatement Fabienne sur le siège avant et on s'est tous entassés à l'arrière de la voiture comme une bande tristement joyeuse prête à traverser Paris. Une voiture chargée comme pour un départ en vacances. Personne ne parlait. Nous n'avions plus de mots ni pour Fabienne ni pour son fils. Même les phrases de réconfort les plus futiles ne volaient plus à notre secours.

– Votre époux va bien, madame Brody. Il vient de pêcher de belles sardines, il vous les rapportera pour dîner. On ne sera pas longs ! Pour l'instant, RAS ! Terminé !

On s'est tous tournés vers Prince. Il souriait.

– *Les Dents de la mer* ! Lorsqu'ils sont sur le bateau pour tuer le requin à la fin ! C'est papa qui disait toujours ça quand maman l'appelait au travail !

On a tous rigolé.

– C'est vrai, a murmuré Fabienne avant de refermer les yeux.

Ce môme me fascinait. Il avait su habilement déchirer la tente du lourd silence. Il essayait de nous décoincer. Il balayait d'un trait d'humour les griffes qui mordaient nos cœurs. C'était lui qui nous portait. Cet enfant fonçait tout droit dans le mur, un mur que je connaissais bien. Ou plutôt il plongeait tête baissée dans le néant, celui dans lequel je m'étais noyé à son âge. Cet enfant allait souffrir, à peu près une vie à beaucoup pleurer et à chercher sa maman partout, dans chacune des femmes qu'il croiserait, et ça ne marcherait pas. Et tous les chagrins de sa vie multipliés par mille. Et tous ces kilomètres de solitude à raconter à sa maman les jours qu'elle n'aurait pas vécus. Je savais tout ça. Mais à cet instant, s'il y en avait un qui tenait la barre de notre radeau triste, c'était bien lui. Tom. Mon Prince.

En passant sous le pont de l'Alma, Kevin a tendu le doigt.

– C'est là ! il a fait. Je l'aimais bien, moi, Lady Di !

Sans réveiller Fabienne, Kevin a doucement monté le son de la radio. Le chanteur avait une voix plutôt agréable. J'entends par là une voix qui ne ferait de mal à personne. Une musique sans trop de surprises qui s'inspirait de pas mal de choses que j'avais pu aimer il y avait… Je ne me souvenais plus de la dernière fois où j'avais écouté de la musique.

– J'adore cette chanson ! a fait Kevin.

C'est quand le refrain est arrivé que je l'ai reconnu. Le vilain.

– Moi aussi j'aime bien, j'ai murmuré.

Alors j'ai souri. Au plus profond de moi j'ai sincèrement souhaité le meilleur et une longue carrière au pilleur de tombes, le grand chanteur à la mode. Je remontais. Je voulais enfin quelque chose. Je voulais le bien. Faire le bien.

Et puis Kevin a scalpé d'un coup la musique.

– On va se marier !

Il a dit ça sans quitter la route des yeux.

– Qui va se marier ? j'ai fait en zieutant Roberta, collée contre l'autre vitre.

Elle n'osait plus nous regarder à présent.

– J'ai demandé la main de Cynthia et elle a accepté.

Kevin tentait d'agripper les yeux de Roberta dans le rétroviseur. Un splendide sourire déformait maintenant son visage.

– Tu as demandé la main de Roberta ?

– Roberta ? Qui c'est Roberta ? Je vais épouser Cynthia et je voudrais que tu sois mon témoin.

– Si tu conduis aussi vite que tu prends de telles décisions, je descends tout de suite de la voiture !

On a tous rigolé encore. Alors Roberta a passé la main par-dessus le dossier du siège avant pour la poser délicatement sur l'épaule de Fabienne.

– Mon témoin à moi ce sera Fabienne.

Et puis elle a éclaté en sanglots.

– Je crois que je n'ai jamais été aussi heureuse…

– Dis-moi, Cynthia, tu n'es pas un peu jeune pour te marier ?

– T'es con ! m'a fait Alec.

Hibou nous attendait sur le pas de la porte. Toujours bien droit dans son pyjama blanc.

– Jésus, tu ne nous avais pas menti, a murmuré Alec.

Je me suis approché de lui doucement, la tête baissée, presque gêné de ne pas revenir chez mon ami aussi beau qu'il l'aurait espéré. Hibou m'a tendrement enlacé. Ma tête collée sur sa poitrine, il ne m'a fallu qu'un instant pour comprendre que c'était au contact de cet homme que l'existence faisait le moins mal, comme si ses doigts qui caressaient maintenant mes cheveux avaient le don de cicatriser toutes les brûlures.

– Mon Bruno, je savais que tu reviendrais. Quand tu m'as appelé l'autre jour j'étais en train de méditer dans ta chambre, sur ton île d'Hydra. Elle est à toi, elle est pour toi et personne n'a pris ta place depuis ton départ.

J'ai pensé à nouveau au mot « suicide ». J'ai fermé les yeux et je l'ai enfermé pour toujours dans un sac-poubelle pour le balancer par-dessus bord. Le suicide. Le plus éloquent cri du cœur de ceux qui cherchent en vain leur chemin.

Hibou avait allumé les bougies pour me guider à ma sortie de prison. C'était aujourd'hui si doux d'être sûr qu'elles ne s'éteindraient jamais.

– Bonjour, les amis, a fait Hibou en éclairant ma meute de son sourire de Bee Gees, le plus beau des trois. Vous êtes ici chez vous.

Alec tenait Prince par les épaules, derrière, Roberta picorait le visage de Kevin qui semblait fier de faire partie de la famille. Oui, c'était une famille. Ma famille.

– Où est-elle ?

Fabienne dormait à poings fermés. Ses joues mentaient. Le rose qui lui rendait de la vie n'était que le fruit du maquillage discret mais réussi de Roberta. Hibou a tenu à transporter lui-même ma Fabienne jusqu'à ma chambre. Prince n'a pas lâché la main de sa maman.

– Tu vois, un autre ange. On a beaucoup, beaucoup de chance. Quelqu'un nous protège là-haut.

Hydra m'attendait. Hydra nous attendait. Hibou n'avait pas menti, rien n'avait bougé depuis mon départ. Le poster de l'océan au-dessus du hublot avait gardé ce pouvoir de reculer les murs jusqu'au fond de l'eau si bleue. Et mon île m'offrait la même sensation, cette impression forte de bien-être. J'étais resté confiné, cloîtré là si longtemps. J'aurais pu demeurer là toute une vie. Un lieu de paix avec soi-même. Un lieu pour accepter de mourir…

Personne ne parlait. Hibou a déposé Fabienne sur mon petit lit. Il a posé sa grande main sur le front du petit oiseau faible. Fabienne ne respirait plus que très doucement. Elle semblait loin déjà, si loin, si près d'autre chose. Hibou a fermé les yeux. Ses deux mains recouvraient maintenant complètement le visage de mon adorée. Il a murmuré des mots très bas, une prière. Une prière est un appel vers quelque chose ou quelqu'un de plus grand et plus puissant que tout le reste. Personne sauf le sot n'est jamais sûr que ça ne marche pas. Quand Hibou a levé ses mains jusqu'au plafond de mon île, l'envergure de ses bras n'était plus celle d'un hibou mais d'un gypaète barbu. Le visage de Fabienne s'est transformé et ses yeux se sont ouverts doucement, peut-être plus beaux, peut-être plus grands. Son sourire.

– Vous êtes belle, madame. A-t-on déjà vu des yeux aussi extraordinaires ?

Alors Hibou a quitté la chambre. Déjà l'oiseau blanc s'envolait.

– Je vous attends tous pour le repas de dix-neuf heures.

On célébrerait le mariage le lendemain. Il fallait faire vite. Fabienne, bien sûr, et puis les tourtereaux. Impatients de se lier pour le reste d'une vie. Et même après. Le cœur parle souvent de l'après lorsqu'il s'emballe. Demain serait un grand jour. J'aurais adoré me marier mais quand j'analysais la chose, ce désir qui parfois m'avait consumé jusqu'à l'os, dans d'autres occasions, n'était pas motivé par de bonnes raisons. En fait, la journée des noces m'aurait largement contenté. D'abord l'échange des bagues, et puis répondre à toutes ces questions : « Oui, oui et bien sûr que oui ! » Et les portes de l'église qui s'ouvrent sur une pluie de grains de riz lancés par les êtres que vous aimez le plus sur cette terre, qui ce jour-là vous accompagnent vers les plus folles promesses. Le meilleur et le pire. Le banquet, la fête invraisemblable, inoubliable, bien sûr. L'orchestre. J'aurais été prêt à subir un saxophone.

Un jour j'avais imaginé ce suicide. J'aurais pu écrire un livre intitulé *Les Mille et Une Façons de mourir seul* ou, comme nous le crache Topor, *Cent bonnes raisons pour me suicider tout de suite*. Le suicide au saxophone.

J'aurais appris le saxophone toutes ces années, à la sueur de mon ennui. Le jour venu, je me serais enfermé dans une pièce minuscule, cadenassée. J'aurais soufflé dans cet instrument du diable jusqu'à ce que mort s'ensuive, une mort lente et cruelle. Et puis, après ma mort, on m'aurait envoyé pour l'éternité dans un gymnase très sonore au milieu de centaines de saxophonistes tous moustachus. Il faut croire en Dieu et en sa bonté… Les Happy Feltchers était le nom de mon groupe, le groupe qui m'accompagnait les jours de gloire. *Feltchers*, ce sont les « soupeurs », ces gens qui jettent des mies de pain dans les urinoirs d'autoroute pour les récupérer en fin de journée avant de les déguster. Étrange. La devise de mon groupe : *No saxophone, no Phil Collins.* Ça ne pouvait pas marcher. Je n'avais vraiment pas le sens du commercial, bon seulement à me tirer des balles dans le pied. Quand j'entends un saxophone dans une œuvre, je mesure combien les autres instruments autour peuvent être beaux. C'était si loin tout ça, j'avais peut-être même rêvé tout ça. Les jours qui passaient comme des poignées de sable fourrées par un gant intraitable dans ma bouche. Et là-haut ce soleil sans vie, comme le dos d'une casserole rouillée. Perché, pourquoi ? Pour rien. Du sommet de ma colline nue et froide comme un terril, j'ai regardé ce temps derrière moi, passé pour toujours. Tous ces jours brisés, gaspillés, perdus à jamais, un gâchis d'où s'élevait une odeur épouvantable. Devais-je arrêter tout ça ? Arrêter de vivre pour ne plus rien regretter ? Mourir ? Devais-je viser devant et ne plus perdre de temps ? *Carpe diem !* Là-devant, la séparation des eaux. Non. La mort me fait plus peur que de ruminer ces cinquante années sans goût. Ne m'invitez pas à un anniversaire, je ne sais plus rire. Pire, un regard vide. Je suis capable de tuer une ambiance des plus survoltées. Tout petit déjà, il me suffisait de fixer une majorette au cœur du défilé flamboyant, de me concentrer un peu, et c'était elle qui faisait tomber le bâton. Un don. Le don du ratage complet. Le chat noir. En revanche, louez-moi comme pleureuse pour veiller vos morts, il n'y a pas meilleur que moi. *La llorona...*

Le mariage, le discours du marié. Tellement drôle, ou presque drôle, à faire rougir la promise : « J'étais tellement en panique le premier soir où nous devions le faire que j'ai beaucoup mais alors beaucoup trop bu. J'ai d'abord vomi sur sa robe (rires de l'assemblée) et puis au petit matin, je vous rassure, j'ai été inoffensif durant la courte nuit (rires de l'assemblée), j'ai encore vomi sur ses belles chaussures rouges (rires moins nourris). Mais la princesse que vous avez devant vous, mesdames, messieurs, n'a reculé devant rien et cette femme, pardonnez-moi, les autres, mais je ne vous vois plus, a accepté de partager toute son existence avec le petit soldat mal élevé qui se tient devant vous et qui la servira jusqu'après la mort. » Applaudissements et sifflets. Et puis les mots du témoin, Alec bien sûr : « Mon ami, mon frère, je t'ai vu pleurer, trébucher, je t'ai vu gagner, perdre et presque mourir (émotion palpable dans l'assemblée), je t'ai accompagné dans toutes ces aventures depuis toutes ces années avec la foi et l'amour de celui qui savait que s'il n'y en avait qu'une, ce serait elle. Aujourd'hui, c'est avec le cœur lourd que je laisse la plus belle des princesses t'enlever. Le cœur lourd de ces chaudes larmes, offertes par le bonheur. Ces larmes que j'avais coincées au chaud en espérant pour toi ce moment-là (émotion immense et moi les yeux fixant mes souliers). Mon ami, mon frère, aujourd'hui, je te vois si beau, en vainqueur et je suis heureux. Je t'aime. Je vous aime. » Un silence et puis la tornade d'applaudissements, les embrassades avec les beaux-parents et la première danse avec mon épouse sur « Hallelujah » de Jeff Buckley. Waouh, dingo ! Après ça, inévitablement, je serais allé chercher le bar pour me saouler toute la nuit en laissant en plan la mariée. Et la maman lui répétant comme un vieux perroquet : « Je te l'avais dit ! » Et ma pauvre nouvelle femme pleurnichant dans les bras de sa mère devant une pièce montée coulante et déchirée.

Après tout cela, je n'aurais pas voulu du reste. Les jours, les mois et puis les années que l'on compte et que l'on regarde comme des bijoux usés dans une étouffante vitrine. L'odeur de naphtaline. Ces années que l'on nomme, pour se rassurer, d'or, de cristal... Au bout ? La mort. L'amour, ça rime à quoi, sinon à vivre !

Cynthia et Kevin auraient pu avoir le même âge. J'en étais si sûr désormais. L'amour a le don de raboter les bouts de vie qui ne servent décidément à rien. Roberta a passé la nuit à confectionner sa robe magnif... étonnante ! Elle était allée prendre toutes ces photos de l'étal du boucher, tout en bas, au coin de la rue de mon île. Des photos d'entrecôtes et de belles saucisses. Ne restait plus qu'à photocopier, printer encore et encore à la manière des *Campbell Soup* de Warhol et coller l'ensemble sur un beau tissu blanc. Roberta savait y faire.

– Aujourd'hui est à moi ! a-t-elle dit. Je vais me marier avec la robe de Lady Gaga !

– Le marié ne doit pas te voir avant la cérémonie, il serait même préférable qu'il ne te voie qu'après.

Roberta a rigolé et m'a pris dans ses bras, au fond de ses gros seins chauds, maternels.

– Merci, merci pour tout ça. Je sais que je n'ai peut-être pas le droit. Ma nouvelle amie, Fabienne, est en train de nous quitter, mais je suis heureuse.

– Roberta, tu as le droit de tout aujourd'hui, surtout aujourd'hui, c'est un jour de bonheur. Le bonheur, il faut se rouler dedans. Comme ces cochons morts sur ta robe. Quand le soleil se présente enfin, il faut ouvrir grand les volets !

Je me suis écouté parler. Des phrases comme celles-là n'étaient jamais sorties de ma bouche jusqu'alors.

C'est sûr, je remontais. Je n'atteindrais peut-être jamais la surface mais entrevoir des filets de la lumière du jour faisait sacrément du bien.

– Je m'appelle Cynthia, vieux cochon !

C'est Hibou qui a célébré le mariage. Nous avons fait ça sur l'île d'Hydra, assis sur le lit où nous avions délicatement calé Fabienne avec des coussins. Une marionnette en équilibre. Elle allait tenir son rôle de témoin. Pour ma part, pas peu fier, je serais le témoin de Kevin. Prince et Alec, assis sous le hublot au pied de la grande mer, observaient tout cela d'un œil amusé. La robe de Roberta a fait sensation. À ses côtés, Kevin semblait un petit enfant de chœur.

– Je te trouve magnif… étonnante, a-t-il lancé à sa promise.

Nous avons tous attendu que Fabienne réussisse un sourire pour rire à notre tour et siffler la mariée.

– Cynthia, voulez-vous prendre pour époux Kevin ici présent jusqu'à ce que la mort vous sépare, pour le pire et le meilleur ?

La voix de Hibou nous a tous transportés. C'était à la fois beau et juste. Quand cet homme parlait, on se sentait meilleur. Une flèche lancée au cœur du cœur.

– Oui, je le veux.

– Kevin…

Sans rien écouter, le jeune homme a plongé ses yeux

dans les yeux de ma reine du manège. C'est beau des yeux qui ne mentent pas.

– Oui, je le veux.

– Je vous déclare unis par les liens indéfectibles de l'amour.

Les mariés ont échangé les anneaux. Deux bagues récupérées par Hibou, oubliées par quelques anges sauvés et repartis eux aussi vers la vie. Sur l'une d'elles était collée une licorne verte assez laide. Pour Kevin, on a tous convenu. Alors le marié a enlacé sa femme en prenant soin de ne pas froisser les morceaux de viande collés sur le tissu blanc. Le baiser qui a suivi fut long et beau. Il a tout raconté : l'avant, l'après et le plus beau, le maintenant, l'instant magique, celui que seuls les grands amoureux ont connu, et que seuls quelques élus connaîtront. L'instant que Guenièvre et Lancelot ont caressé dans une autre vie. Vivre et mourir l'un pour l'autre. Alors j'ai pleuré. Alors Alec et Prince ont sangloté. Alors Fabienne a reposé sa tête sur le côté, lentement, et, avant de fermer ses yeux fatigués, a murmuré les mots :

– Vous êtes tous magnifiques, je vous aime tant.

Dans le réfectoire en dessous, les pensionnaires de la Maison de Jésus nous attendaient, silencieux et prêts. Soudain, comme un seul homme, ils ont tous applaudi quand Roberta et Kevin sont entrés triomphalement. Un vacarme sourd comme si l'on applaudissait avec des moufles. Dos au public, Roberta a jeté le bouquet par-dessus son épaule. Il est tombé sur la tête courbée d'un petit vieux coulé sur sa chaise au fond de la salle et qui n'avait rien demandé à personne.

Aucune réaction. Cet homme semblait depuis trop longtemps plongé dans un de ces océans introuvables pour les gens de la vie réelle. Ces océans peuplés de souvenirs terrifiants et décorés de chagrins indicibles. Une clameur s'est élevée, et puis cette voix :

– Joseph, c'est toi, Joseph, tu as été choisi ! Une femme avant la fin de l'année, Joseph ! Tu vas te marier Joseph, tu vas nous quitter !

C'est là que je l'ai reconnu. Joseph était le plus ancien pensionnaire de la Maison de Jésus. Il était déjà là quand j'étais moi aussi perdu, parmi eux, à essayer de noyer mes défaites. Je le croisais à midi et à dix-neuf heures pour les repas. Toujours seul, il ne parlait à personne. Doucement, Joseph a extirpé la tête de son puits sans fond. Il a toisé la foule avec les yeux effrayés du malheureux qui reconnaît la mort. Joseph a regardé le bouquet et soudain, comme s'il se débarrassait d'une grenade déjà dégoupillée, l'a repoussé du pied comme il a pu, dans notre direction.

– Je ne veux pas, je ne veux pas... Je ne veux pas partir d'ici, moi... Laissez-moi tranquille !

Il s'est traîné jusqu'au pied du grand escalier et s'est mis en boule, comme un hérisson qui se protège du renard. Il sanglotait maintenant. Hibou s'est doucement approché. Il a délivré comme toujours les mots qu'il fallait. Les mots du réconfort et de l'amour :

– N'aie pas peur, Joseph, personne ne viendra te prendre. J'ai besoin de toi ici, tu vas rester près de moi, Joseph.

C'est Prince qui a récupéré le bouquet.

– C'est pour ma maman, elle va bientôt se remarier avec mon papa. Je le sais.

J'ai lu le sonnet 116 de Shakespeare et puis Hibou a entonné le « Amazing Grace ». Tout le monde l'a suivi, dans un *humming* plus ou moins juste. Alors le réfectoire de la Maison de Jésus s'est transformé en une église joyeuse, un dimanche matin à Harlem.

Hibou, en maître de cérémonie, a ouvert la marche pour accompagner les amoureux jusqu'à la nuit inoubliable. Ils passeraient leurs premières heures de mariés à Moorea, une île sublime face à Tahiti. Nous avons décoré les amoureux de fleurs du Pacifique. Kevin a porté sa promise à bout de bras. C'est en passant la porte et en nous gratifiant d'un clin d'œil plein d'une assurance mal jouée qu'il a accroché la robe de sa nouvelle femme avec la poignée. Quelques morceaux de viande se sont décollés de l'œuvre d'art déchirée avant de s'éparpiller sur le sol.

– Bonne nuit, les amoureux, j'ai fait.

Prince est allé rejoindre Fabienne sur mon Hydra. Il veillerait sur sa maman cette nuit. Pas très loin de là, au fond du couloir, Marettimo, l'île au large de la Sicile, pile en face de Trapani. C'est là que nous dormirions avec Alec. Hibou nous a rejoints avec trois verres. Il a ouvert lui-même le Jack Daniel's.

Fabienne est morte cette nuit.

Quand je suis entré dans la chambre, Prince pleurait. Il serrait sa maman si fort, la bouche collée à sa poitrine, comme s'il voulait la téter encore. La téter pour toujours. Dehors, le soleil, maintenant très haut, brûlait par le hublot. Le bleu de la mer avait-il un jour été si bleu ? Tout semblait si calme, si apaisant, si loin du monde et de ses crimes. En cet instant j'ai réalisé combien la blancheur éclatante des murs d'Hydra avait été salvatrice, d'un précieux secours, pour vider mon cœur et mon âme de la douleur.

Alors le déluge. Trop de souvenirs sont venus s'abattre. D'un coup. Comme les tuiles décrochées du toit par les vents. La mémoire n'est parfois pas la meilleure des alliées. J'ai essayé, je le jure, d'être solide. C'était au-dessus de mes forces. Je n'étais pas solide. Il fallait que mon cœur se vide des larmes, de toutes mes larmes. J'ai rejoint Prince auprès de sa maman. J'ai pris la main de Fabienne, déjà presque froide, et je l'ai embrassée, comme un chaton aveugle. J'ai mordillé ses doigts et j'ai léché sa main tout entière. Prince pleurait des rivières. Nous pleurions des rivières. Hibou s'est assis sur le bord du lit, le dos bien droit, et a posé ses mains sur les yeux de notre amour. Cette fois-ci, pas de miracle. Il a parlé en silence. Il s'est adressé à quelqu'un que l'on ne voyait pas et puis il a souri comme s'il venait de recevoir la réponse que lui seul attendait. J'ai décroché mon petit Prince de sa maman et j'ai rapproché sa tête de ma poitrine. Ses pleurs, mes pleurs, et ma main qui caressait les cheveux du petit ange perdu. Je le savais, il avait tout perdu. Il n'aurait jamais l'occasion de présenter une fiancée à sa mère. Il n'aurait pas la joie de lui annoncer la naissance de son premier enfant. Il n'y aurait pas de fête des mamans. Dormir chez ses parents à l'âge adulte quand on veut venir se protéger du monde, retrouver sa chambre d'enfant pour un soir, et tous ses souvenirs, toujours à la même place. La maman qui nous prépare, émue, notre plat préféré. Poser la tête sur ses genoux, surprendre ses nouvelles rides et ses premiers cheveux blancs. Tout ça n'existerait pas. Se faire consoler, oui, mais se faire consoler par sa maman, ça n'a pas de prix. Je savais trop tout cela. Prince a relevé la tête.

– Je fais quoi maintenant ?

Je l'ai fixé pour recevoir le plus de la douleur qui jaillissait de ses yeux.

– On fait quoi maintenant ? j'ai répondu. Nous sommes tous les deux et, si tu le veux, nous resterons tous les deux. Nous nous battrons tous les deux et, tu sais quoi, ta vie sera belle. J'ai fait cette promesse à ta maman.

Je parlais en reniflant.

– Tu m'as entraîné vers le meilleur, Prince, et je me sens capable maintenant de te rendre tout ça.

Il m'a serré plus fort. Le bouquet de la mariée trônait juste au-dessus de la chevelure, comme encore en vie, de Fabienne. On aurait dit qu'elle avait essayé de l'embrasser une dernière fois.

– Pense à ça. Ce soir, nous n'allons penser qu'à ça : ta maman va retrouver ton papa et ils vont s'aimer à nouveau comme au premier jour.

– Mon papa..., a balbutié Prince sans croiser mes yeux.

– Je t'ai parlé de l'autre Prince, le grand chanteur, si petit qu'il pouvait facilement sauter sur un piano avec sa guitare autour du cou et faire un grand écart sans s'arrêter de chanter avec les anges. Je ne parle pas bien anglais mais la chanson dit à peu près ça :

Je n'ai jamais voulu te causer de chagrin
Je n'ai jamais voulu te faire de mal
Je voulais juste une fois te voir rire
Je voulais seulement te voir rire sous la pluie violette

Prince ne pleurait plus, il m'écoutait peut-être. Il fixait sa maman morte. Puis il a jeté le regard là-haut, comme s'il apercevait une lumière. Quelqu'un qui lui tendait la main. Quelqu'un qui lui tendrait toujours la main.

Je n'ai jamais voulu être ton amant du week-end
Je voulais juste être une sorte d'ami
Bébé, je ne pourrais pas te piquer à un autre
C'est tellement dommage que notre amitié ait pris fin
Chérie, je sais, je sais
Je sais que les temps changent
Il est temps que nous cherchions tous
Quelque chose de nouveau, je veux dire toi aussi
Tu dis que tu veux un leader
Mais tu n'as pas l'air de vouloir te décider
Tu devrais passer à autre chose
Et me laisser te quitter
Vers la pluie violette

J'ai embrassé Fabienne. En reculant mon visage, je savais que c'était la dernière fois. Je savais que mon passé était perdu. Le premier tour de manège. Ce moment précis où je voulais rester un enfant pour toujours. Me moucher encore dans les robes de ma maman disparue. Mais je voulais à la fois devenir un homme fort et assez fou pour voir le grand monde et emporter avec moi mon amour, Fabienne. En embrassant pour la dernière fois mon rêve, j'ai su que tout se terminait. Mais comme une bougie vacillante toujours allumée dans les yeux d'un enfant, comme celles qui ne s'éteignent jamais dans les églises, j'ai su que ce serait mon refuge. Toujours.

Dans les moments de doute, sur le chemin tortueux, je me suis souvent caché dans cette caverne. Sous le vieux chêne de la solitude. Mais il m'attendait comme un espoir, un frère, le grand feu. J'ai souvent fermé les yeux avant de m'endormir en pensant à elle, à tout le bonheur que je pourrais encore croquer près d'elle. Et le futur... Le futur, même dans les trous les plus profonds, s'éclairerait soudain, immanquablement. Imaginer Fabienne dans mes bras m'offrait une lanterne dont la lumière si puissante réchaufferait mon cœur et mon âme. Plus de passé, plus de futur, cette phrase n'existerait plus ; plus rien. Je n'étais plus au fond d'un puits, là où l'on m'abandonnait, en me jetant la corde qui pouvait me permettre de me hisser à l'extérieur. Je ne me réveillais plus en sursaut dans le cercueil, près de celui qui avait juré de me sortir de là. En embrassant Fabienne pour la dernière fois, j'ai su que j'allais vivre enfin. Par elle, pour elle.

Nous sommes sortis de la chambre blanche. Je tenais Prince par les épaules et par le cœur. Je ne le lâcherais plus. Les autres nous attendaient dehors. Éteints.

*

Alec a réalisé son rêve. Il a monté son grand restaurant, L'Ermitage, au-dessus d'Arbois. C'était sa maison d'enfance dans la forêt, un lieu magique, une chapelle pleine d'histoires qui domine la grande val-

lée. C'est de là qu'il m'envoyait des lettres enflammées quand les vacances scolaires nous séparaient trop longtemps. Nous avions six ans et tu venais de partir. Sur sa carte des vins, il a voulu me faire plaisir. Il propose le mirmanda, mon vin préféré du pays catalan. Il vient nous visiter dès que son emploi du temps de ministre le lui permet. Et puis, ce n'est pas si loin, Arbois !

Roberta-Cynthia et Kevin sont amoureux comme au premier jour. Il ne sait toujours pas qu'elle s'appelle Roberta. C'est notre secret et ça nous fait bien rire. Kevin s'occupe d'une agence de rencontres qui marche plutôt bien. Ils ont racheté un manège. Écoute ça : il a été authentifié comme étant celui du film Grease *! Si si, là où Olivia Newton-John et John Travolta se sont aimés quand ils étaient jeunes et beaux. Roberta et Kevin se sont installés dans le Sud, tout près de Perpignan, et ce sont eux qui viennent faire tourner les enfants sur le parking de la poste à Vernet fin novembre pour la Saint-Saturnin, la fête du village. Tu te souviens, maman, de la photo avec le père Noël ?*

Quand on s'est dit adieu, Hibou m'a demandé de ne plus jamais me retourner et de ne plus jamais revenir à la Maison de Jésus. Après mon départ il a fait murer mon île pour toujours. J'ai oublié les Sonnets *de Shakespeare sur le petit lit. Je dois apprendre à vivre sans. C'est bouleversant de recouvrer la vue et de jeter sa canne. J'ai demandé à Hibou ce qu'il avait bien pu écrire dans la lettre que j'avais remise à Tonio ce jour-là pour qu'il me laisse sa place au manège. Il m'a avoué : « Tonio ne sait pas lire… »*

Je pense souvent à Hibou, à John Lennon et à toutes les belles personnes qui ont traversé ma vie quand je trouve une plume d'oiseau blanc, soufflée par un ange. Lorsque je la plante dans mes cheveux je suis ton petit Indien et je ne pense qu'à toi, maman.

Avec Prince nous avons trouvé une maison à Colombiers, tout près du petit cimetière. Fabienne repose aux côtés de son mari. J'aurais voulu graver mon sonnet sur la plaque mais Prince a préféré Les Dents de la mer *: « Votre époux va bien, madame Brody. Il vient de pêcher de belles sardines, il vous les rapportera pour dîner. On ne sera pas longs ! Pour l'instant RAS ! Terminé ! » Tu aurais vu la tête du marbrier !*

Prince prend le bus tous les jours pour se rendre au collège. Je ne suis pas peu fier de t'annoncer qu'il est le meilleur de sa classe. Il m'a déjà montré tous les coins où nous pourrons construire nos cabanes. J'aime ce gosse, tu sais comme je l'aime.

J'ai demandé à la mairie du village, ils m'ont laissé une maisonnette toute jolie et arrosée de soleil pour accueillir des gens tristes et battus par la vie. J'essaie de leur faire rencontrer leurs anges à leur tour. Nous l'avons appelée la Maison de Fabienne. C'est Prince qui a choisi le nom. Je leur parle de mon histoire, de ma rencontre avec Hibou. J'essaie de les convaincre de vouloir vivre. J'en suis sûr, bientôt ils repartiront pleins d'espoir. Ils n'iront plus chercher le mal mais le bien. « Il n'y a de paix qu'à l'intérieur et la paix ne peut venir qu'au goutte à goutte, peut-être même la nuit quand nous ignorons tout. »

Maman, ce n'est peut-être pas ce que tu espérais pour moi. J'ai également trouvé une bonne place de veilleur de nuit au funérarium de Colombiers. Et tu sais quoi ? Ça me va. Est-ce que ce n'est pas ça le plus important ? Tu connais mon goût pour la solitude. Je ne croise personne – enfin personne de vivant. J'ai installé mon bureau au milieu de la grande salle froide. J'écris des chansons. Je le sais maintenant, le héros ce n'est pas le chanteur, c'est la chanson. Peut-être que la postérité reconnaîtra un jour mon talent. En fait tu sais quoi ? Je m'en balance ! J'écris des chansons pour moi, pour rien. Des chansons d'amour, des chansons d'amitié, des chansons qui parlent de l'enfance et des gens qui me manquent. Tu me manques, maman. J'ai un fils, maman. Et je l'aime à en vivre. Aujourd'hui ils ont parlé d'un virus peut-être très contagieux qui arriverait de Chine. Ne t'en fais pas, on est bien protégés ici et puis je fais attention à nous. Je veux vivre, j'aime tout dans la vie, même la vie.

Ce matin très tôt, avant de quitter la maison, j'ai retrouvé mon trèfle à quatre feuilles au fond de ma poche. Francis, j'espère que tu as pu croquer un peu de bonheur quelque part. Je te jure, ça vaut le coup l'amour. J'ai offert le trèfle à Prince, il l'a soigneusement déposé au fond de sa musette. Est-ce qu'il était fait pour moi ? D'un côté la vie m'a tout pris et de l'autre elle m'a tout rendu. Est-ce que ce n'est pas ça, une vie ? Je me suis assis près de la rivière qui coulait depuis toujours, j'ai pensé. J'ai plongé mes yeux dans le gouffre. La petite brise poussait l'eau dans un tourbillon qui la rendait presque claire jusque très profond.

Elle était là. La très vieille truite arc-en-ciel me regardait. Elle avait eu le temps de grandir encore. Immense. De vivre. De vieillir. Maman, Fabienne, vous ne vieillirez plus jamais. Elle ne me quittait pas des yeux, intensément elle me regardait. Sans la lâcher du regard j'ai fait signe à Prince qui se tenait debout de l'autre côté de la rivière. Dans un geste parfait, la canne a fouetté l'air frais du matin. Alors la mouche a volé dans les airs, longtemps, parfaitement, comme si elle ne devait jamais retomber, pour se poser exactement devant le gros rocher. Elle a caressé la surface. En une seconde le monstre est réapparu. Il s'est approché. Il a d'abord tourné tout autour du leurre une fois, deux fois, trois fois, comme s'il se méfiait. Mes yeux mouillés étaient sûrs de vivre un moment unique. Puis tout est allé très vite. Le poisson a ouvert sa gueule géante et a avalé goûlument sa proie avant de plonger à nouveau vers le plus profond. Bon sang ! Je n'avais jamais rien vu de pareil ! Je n'avais rien vu avant ça ! Prince a ferré d'un coup. Il a d'abord laissé le poisson s'enfuir pour le ramener doucement et le laisser partir encore. Il fallait fatiguer la bête, il savait y faire. Il ramenait le fil doucement, doucement. Plus rien n'existait autour, seulement le bruit de crécelle du moulinet impatient. Encore quelques va-et-vient et peu à peu le poisson s'enfonçait de moins en moins. J'avais conscience d'assister à un combat sensationnel. Pour que la magie opère il faut deux grands adversaires. C'est là que Prince m'a donné le signal. J'ai marché résolument, investi d'une mission, jusqu'au rocher. La charge d'une armée napoléonienne, baïonnette en avant dans la grande plaine. Cette eau si fraîche qui remplissait déjà mes bottes. Je me suis enlisé encore pour plonger maintenant mon corps jusqu'à la garde. Bientôt l'eau atteindrait mes aisselles. Les mains tendues au ciel, je tenais l'épuisette. Alors Prince a remonté le monstre pour la dernière fois. D'abord une gueule, et puis un corps long, large, interminable, puissant, a jailli des flots. Adroitement Prince a dirigé la canne complètement courbée, près de céder. Il fallait tenir bon, sans défaillir. Maintenant le poisson se débattait dans tous les sens, emprisonné dans le piège-filet, jusqu'à me déséquilibrer. Ne pas lâcher. Je ne lâcherais pas. J'ai nagé comme j'ai pu pour regagner la petite plage de galets. Prince s'était déjà débarrassé de la canne de son papa et m'aidait à me hisser. Je me suis jeté sur la terre ferme. Le monstre se débattait encore dans son mouroir. Plus courageux qu'une Blanchette face au loup.

– C'est pour toi, papa ! a crié mon fils au grand ciel.

La bête nous regardait, vaincue. Ses nageoires frémissaient, et puis peu à peu un peu moins, et un peu moins encore. En nous tenant par les épaules nous avons admiré sans un mot. Dans un moment de grâce la nature nous montrait le plus beau. Sans plus tarder Prince a attrapé à deux mains le poisson. Sans blesser la bête, il a plongé ses doigts dans la gueule pour délicatement décrocher l'hameçon bien planté dans la mâchoire. Alors Prince a levé sa prise vers les cieux et il a embrassé le dos tacheté de rouge, de bleu, de violet et de vert. Doucement il a déposé l'animal dans son eau en caressant une dernière fois la queue jaune feu. Lentement le monstre s'est faufilé dans l'eau redevenue claire. Libre. Nous l'avons vu s'évanouir dans le plus profond de la rivière.

DU MÊME AUTEUR

Song-books : L'amour parfait, Menteur et L'Espoir,
2000, Les éditions de Mireille.

Cali et Miossec : Rencontre au fil de l'autre,
entretiens avec Miossec,
par Grégoire Laville et Yves Colin,
2006, Éditions le Bord de l'eau.

Rage,
entretiens avec Didier Varrod,
2009, Plon.

Seuls les enfants savent aimer,
roman, 2018, Le Cherche-Midi.

Cavale ça veut dire s'échapper,
roman, 2019, Le Cherche Midi.

Éparpillés
poésie, 2020, Invenit.

Composition : IGS-CP
Impression : CPI Bussière en octobre 2021
Éditions Albin Michel
22, rue Huyghens, 75014 Paris
www.albin-michel.fr
ISBN : 978-2-226-46542-9
N° d'édition : 24612/01 – N° d'impression : 2059871
Dépôt légal : novembre 2021
Imprimé en France